異世界転生事件録

人見知り令嬢はいかにして事件を解決したか？

鏑木ハルカ

JN104112

角川スニーカー文庫

23753

Contents

口絵・本文イラスト フルーツパンチ
デザイン 百足屋ユウコ＋タドコロユイ（ムシカゴグラフィクス）

序章　消える二人と目覚める一人

背中を貫かれる苦痛。同時に内臓を焼かれるような不快感を覚える。

背中は分かるが、内臓は全く記憶にない。

その不快感に苛《さいな》まれながら目を覚ますと、見たことのない光景が飛び込んできた。

「これは……天蓋？」

漫画や映画などでよく見る、ベッドの頭部分に付ける風よけのカーテン。

それが目に飛び込んでくる。もちろん記憶にはない。

周囲は石造りながら丁寧に飾られた室内。絨毯《じゅうたん》も豪華な模様が織り込まれ、足が沈みそうなほど毛足が長い。

シンプルながら品の良さを感じさせ、相応に金のかかっていそうな部屋。

そこで『俺』は目を覚ました。

「どこだ、ここは……」

そう言って身を起こすと、身に覚えのない振動を感じた。

胸の辺りに猫が乗っていたかのような違和感。視線を下げると、そこには服を盛り上げる膨らみが視線を遮っている。

「……は？」

一見してそれが何か、理解はできる。理解はできるが、認識が追い付かない。

男として生まれてから三十年以上、自分とは縁の遠かった存在だ。

「む、胸？　おっぱい？　ほわい!?」

悲鳴じみた声を上げて、胸を鷲摑《わしづか》みにする。手のひらから返ってきたのは、柔らかな極上の感触。

同時に肉を引っ張られる苦痛も感じられた。

その痛みが、膨らみが間違いなく自分のモノだと実感させてくる。

「なんで……どうしてこんなことに？」

胸から手を離し、頭を抱えながら項垂《うなだ》れる。サラリと流れ落ちる黒髪から、花のような良い香りがした。

明らかに、加齢臭に怯《おび》える自分の髪の香りじゃない。

どう考えても別人の身体《からだ》。なぜこんなことになったのか、『俺』こと竜胆善次郎《りんどうぜんじろう》は過去を振り返ったのだった。


　警視庁の捜査一課に所属する俺こと竜胆善次郎は、その日もたらされた情報によって、容疑者確保のために現場へと赴いていた。

　目標は金目当てに暴行を繰り返した凶悪犯だ。すでに被害者は複数に及び、早期の確保が必要とされる。

　一刻も早く確保する必要があるため、俺と相棒の新人が現場に先行し、容疑者の行動を見張ることとなった。

　後は人員が到着するのを待ち、逃亡されないように包囲を完成させてから身柄を拘束する。

　そんなあと一歩の状況で、新人が暴走を始めた。

「中村《なかむら》だな？」

　まるでドラマのように、容疑者の前に姿を現し、時代劇の印籠のように警察手帳を見せつける。

いや待て。そんな刑事、今時いないぞ。という内心のツッコミはさておき、その行動に俺は舌打ちを禁じえなかった。

様々な職業で、なぜ二人一組で行動するのか。それは一人と二人では、安全性に天地の差が生まれるからである。

助けを呼ぶ、救助してもらう、数で威圧する。どんな状況でも人手というのはあればあるほどありがたい。

警察だって同じだ。犯人は目の前に警察が現れた際、真っ先に考えることがある。諦めるか、抵抗するか、だ。

一人の警察官が目の前に現れた時、逃げられるかどうかはお互いの身体能力によって変わる。

取っ組み合うにしても、逃げるにしても、一人が相手の場合は逃走の成功率が高くなるし、抵抗する可能性も非常に高くなる。

しかし相手が二人いる場合、諦める可能性が大幅に上昇する。

二人相手じゃ逃げきれない。一人に追われている間に、さらに応援を呼ばれる可能性もある。

そういった考えが脳裏によぎり、諦念に襲われるのだとか。

だからこそ警察官は二人一組での行動を、基本的に推奨されている。

だというのに、新人は一人で先走った。若さゆえに功を焦ったのかもしれない。

決して褒められた行為ではない。戻れば始末書モノの暴走だ。いや、降格すらあり得る暴挙だ。

案の定、容疑者も抵抗を選択したようで、腰の後ろに手を回している。

明らかに普通じゃない動き。実際前に戻ってきた手にはナイフが握られていた。

俺はとっさに持ち場を離れ、相棒の前に身を躍らせた。


「バカ野郎がっ！」

「竜胆さん!?」

突如目の前に飛び出した俺に、相棒の驚く声が響く。しかし容疑者の方はそれどころではない。

目の前の刑事を排除しなければ、自分は逮捕されてしまう。

その想《おも》いから、飛び込む俺に気付かなかったようだ。

容赦なく突き出されるナイフ。それは的確に相棒の胸――の前に躍り出た俺の背中に突き刺さった。

地面に倒れ、流れ出る血を認識する。

その量は多く、明らかに命に関わるレベルの出血だった。

『――救援を……』

助けを呼ぶように指示を出す声。しかし声はすでに出せなくなっていた。声は自分の心の中だけで響くに留《とど》まる。

しかし声が出せたところで、どうにもならないことは理解していた。

容疑者はすでに逃走にかかり、相棒は倒れた俺に取りすがっている。

さっさと追え、救援を求めろ、と言いたかったが、それはできなかった。

「竜胆さん、しっかりしてください、竜胆さん！　いま救急車を呼びますから！」

そう言って携帯を取り出す気配がする。しかしすでに俺の目は見えなくなっており、意識も闇に包まれていったのだった。


ウィマー公爵家の長女、セラ・ウィマー。それが私の名前。

最近、第三王子との婚約も決まり、後に大公となる方の妻となることが決定している。

大公とは王家の方が臣籍に下られた際に与えられる一代限りの爵位で、王族に次ぐ権威を持っている。

その代が終われば、正式に公爵、もしくは侯爵へと任じられ、他の貴族との差はなくなっていく。

元王族が無位無官というわけにもいかないため、かなり大きな領地を与えられることも多い。

そんな方の妻に、私は選ばれていた。

この話は幼い頃から進められており、私もそれを自覚していた。

だからこそ、己の身を律し、冷静沈着、公平無私であることを心掛けてきた。

未来の夫を支えるべく、知識を蓄え、淑女としてのマナーも誰よりも厳しく学んできた。

おかげで友人と呼べる者はほとんどいなくなってしまった。

今年入学した王立学院のクラスメイトともほとんど会話がなく、一人学び続ける日々。

それは苦痛ではあるが、支えてくれる家族がいたので耐えられた。

「いい天気ね」

学院が夏季休暇に入ったため、私は実家であるウィマー領の屋敷に戻ってきていた。

気温が高くはあるが、湿気の少ないカラッとした気候。

空には雲一つなく、青い空がどこまでも高く続いている。

そんな好天に誘われるように、私は屋外で昼食を取ることを、使用人に告げた。

学院では気を張ってい続けないといけなかったが、ここは自宅。少しくらい気を抜いても構わないだろう。

「でも、日差しが強いです。あまり日に当たられると焼けてしまいますよ」

そう言って昼食の給仕をしてくれているのは十代前半の金髪碧眼《へきがん》の少女。

人形のように愛らしい少女で、妹のように思っている。父であるウィマー公爵が没落した伯爵家から引き取ってきた子だ。

この屋敷に来るまではあまり恵まれた境遇ではなかったため、私付きの侍女として引き取られた少女である。

ウィマー公爵家において最も年下だった私は妹ができたみたいで、この子を凄《すご》く可愛《かわい》がっていた。

「日傘があるから大丈夫よ、セシル」

強い日差しをパラソルで遮り、人工的な日陰で食事を取る。

その間も少女——セシルは私のそばに侍《はべ》り続けていた。

「あなたも座って食事したら?」

「私は使用人ですから、お嬢様と同席はできません」

ややぶっきらぼうな口調。だけど彼女が私を嫌っているわけではないのは、理解している。

　ここに来るまでの経験から、彼女は無表情を貫き、硬い口調で話すことに慣れてしまっていた。

　今ではそんな態度も和らぎ、私に全幅の信頼を置いてくれていた。だからこそ、主従の関係を超える私の要求に、批判的な声を上げているのだ。

「そんな堅いこと言わなくてもいいじゃない。あなたは家族も同然なのに」

「光栄ですけど、人前で言わないでくださいね？」

　使用人である彼女を特別視しているとなると、やはり外聞というものが悪くなる。

　それを気にしての発言で、年齢不相応に気の利《き》く子だ。それだけに不憫《ふびん》にも思える。

　この歳《とし》で空気を読まないといけないくらい、周囲を気にして育ってきたのだということだから。

「まぁいいわ。それじゃあ、あなたの代わりに兄さんに同席してもらいましょう」

「え？」

私がそう言うと、近くの茂みががさがさと揺れる。

その音にセシルが一瞬身構えるが、茂みから出てきたのは背の高い甘い容貌の少年だった。

「いらっしゃい、アントニオ兄さん」

「いや、気付いていたのか？」

「どうせ草むらから私を驚かそうとしたのでしょう？」

「バレたか」

くしゃりと髪をかき上げ、苦笑いを浮かべる。

アントニオ兄さんは私より二つ年上の十七歳。ウィマー公爵家の次男で、武術の才能に溢《あふ》れた人である。

長男のリチャード兄さんの補佐として腕を振るうと期待されている武人だが、イタズラ好きなやんちゃ坊主としても有名だった。

「今回は上手《うま》く隠れられたと思ったのにな。どうして分かったんだい？」

「家族ですもの、気付きますよ」

心底不思議そうな顔をするアントニオ兄さんに、私は優しく笑ってみせる。

こんな無防備な笑顔を見せるのは、家族とセシルにだけだ。

そこへもう一つの足音が近付いてきた。視線を向けるとリチャード兄さんがこちらへ歩いてきているところだった。

「いらっしゃい、リチャード兄さん。兄さんも昼食をご一緒しますか？」

「できるならぜひともそうしたいんだけどね。アントニオ、仕事の最中に抜け出すのはどうかと思うぞ」

「だって庭でセラが遊んでたんだぞ。俺だって息抜きしたいと思ってもしかたないだろう？」

「私は遊んでいたのではなく、食事をしていたのです」

不本意な言われように、思わずプクッと頬を膨らませてしまう。

こんな仕草、家族以外には到底見せられない子供っぽい仕草だ。

隣の席に座ったアントニオ兄さんが、私の膨らんだ頬を指でつつく。

そんな仕草をごまかすかのように、私はサンドイッチをパクリと口に運んだ。

少しきつめのマスタードの香りが鼻に抜け、思わず目に涙が浮かぶ。それを見て兄たちは笑いを堪《こら》えていた。

私もそれをごまかそうとして、セシルの用意した水出しのお茶に口を付ける。

芳醇《ほうじゅん》な茶葉の香りと、かすかな酒精の香り。いつものお茶の風味に心が落ち着く。

と、その時、唐突に頭に痛みが走った。

「う……？　コホッ⁉」

視界が急激に歪《ゆが》み、嘔吐感《おうとかん》を止めることができず、とっさにテーブルにあったナプキンで口元を覆う。

「え？　……あれ？」

ついに耐え切れなくなって、どさりと椅子から崩れ落ちた。

その頃にはすでに頭痛は耐えられないほどになっており、起き上がることすらできなくなっていた。

地面に突っ伏し、意図せず体が震え出す。

慌ててテーブルを立つ兄たちと、お茶を注《そそ》ぐポットを取り落として狼狽《ろうばい》するセシルの姿が視界に入る。

あまりの苦痛に彼女に手を伸ばそうとしたが、それは叶《かな》わずパタリと落ちる。

これは明らかに、食中《しょくあた》りなどではない。毒？　でも誰が？　何のために……？

そんな疑問の答えが出ないまま、私の意識は暗い闇へ落ちていったのでした。

それはどれくらい時間が経《た》った頃でしょう？

暗い視界の中で、一筋の光が見えた気がしました。
暗く、寒い世界。そこに差し込んだ光は、とても暖かく感じました。
『私』はその光に縋《すが》るように、渾身《こんしん》の力で手を伸ばす。
すると光の中から光る腕が伸びて、私の手を摑《つか》んできました。
まるで『私』同様に、何かに縋るかのように。
そして『私』は、光の中に飛び込み、光の中に溶けていったのでした。

第一章 動機なき容疑者たち

俺の悲鳴を聞きつけたのか、部屋に金髪の少女が飛び込んできた。

サラサラの金髪に澄んだ碧《あお》の瞳。日本人離れした外見。

この部屋の様子も、日本のものとはかけ離れているため、どこか外国で治療を受けたのかもしれない。

それはいいとしても、何で女体なんだ？

「お嬢様、目を覚ましたのですね！」

「お嬢様……？　いや違うぞ」

きっと、治療での整形過程で女性のような外見に変えられてしまったに違いない。

そう考えて、目の前の少女の間違いを正す。しかし少女は俺の胸に飛び込んできて、盛大に泣き始めた。

「よかった、お嬢様、無事……うぇ、うわぁぁぁぁぁぁぁん！」

「ちょ、落ち着けって!?」

とはいえ、泣いてる子供を邪険にするわけにもいかず、そのままの姿勢で硬直してしまう。

少女の容姿は一目で分かるほど整っていて、あと十年もすれば求婚者で溢れかえるのは確実だろう。

そんな少女が顔をぐしゃぐしゃにして泣き崩れる様は、あまりにも不憫に思える。

とりあえず落ち着かせるべく頭を撫《な》でてやると、次第に泣き声も収まってきた。

同時に、彼女が何者か、ここがどこかという疑問の答えが、脳裏に浮かんだ。

まるで誰かの記憶を覗《のぞ》き込んでいるかのように……いや、これは間違いなく他人の記憶だった。

「セシル……？」

その少女の名前を呼ぶと、胸の中の少女はこちらに縋るような視線で見上げてきた。

しばしそのまま固まった後、バネ仕掛けの人形のように飛び退《すさ》る。

「し、失礼しました、お嬢様。取り乱してしまいました！」

「それはいいんだけど……」

「すぐに旦那様に知らせて参ります！　あとお医者さんにも！」

こちらの答えを待つことなく、慌てて部屋を飛び出していく。

せめて扉くらい閉めていって欲しかったが、それすら忘れるほど慌てていたのかと思い直して自分で閉めておく。

ベッドから降りるため身を起こそうとするが、腕が震えて叶わなかった。

どうやら身体《からだ》が大きく衰弱しているらしい。

「鈍《なま》ったか……いや、違うな」

事ここに至って、いつまでも現実から目を背けているわけにはいくまい。

記憶の中には、まるで最初からあったかのように、他人の記憶が存在している。

そしてこの身体は自分のモノではなく、この部屋も日本の物ではない。

何より脳内にある知識のそれが、日本……いや、俺の知っている世界のものと大きく違っていた。

「現実世界以外の、他人の中に俺の意識が？」

そうとしか考えられない事態だった。

衰弱の原因も、記憶を探ってみればすぐに判明した。彼女はカルド王国のウィマー公爵家の長女であり、第三王子の婚約者であることが分かった。

第三王子は次期大公を約束された身分で、王の下で王に次ぐ広大な領地を得る予定らしい。

　そこに嫁入りするわけだから、彼女を狙う者も出てくるだろう。

　そしてその心配は現実のものとなる。何者かに毒を盛られた彼女は倒れ……そして中身が俺として蘇《よみがえ》ったわけだ。

「毒殺ね。ひょっとすると、彼女の精神は死んでしまった可能性もある、か？」

　肉体よりも先に彼女の精神が死に至り、そこに何が理由かは分からないが、俺の精神が入り込んでしまった、と。

　正直、原因はさっぱり分からないが、記憶からここが現実世界と全く違う世界であることは理解できた。

「幸か不幸か、俺も彼女も、いろんな意味で死に損なったわけだ」

　それははっきり言ってしまえば、幸運なことなのだろう。

　セラ・ウィマーには悪いが、俺だって死にたくはない。年若い彼女の精神を代償に生き延びてしまったことは慙愧《ざんき》の念に堪えないが、俺自身がそう願ってこうなったわけではない。

　非難されるべきは、彼女を毒殺しようとした輩《やから》であり、俺ではないはずだ。そう思うことにしよう。

ない。

「だけど……せめてものお返しに、絶対犯人を捕まえてやるからな」

生き延びたとて、肉体自体は彼女の物だ。それを見た犯人がどう思うかは、想像に難くない。

仕留めそこなったと知れば、確実にもう一度命を狙ってくるだろう。

ならば、彼女が残してくれたこの身体くらいは、せめて守ってあげたいと思う。

「なら、まずは容疑者の候補を絞らないといけないんだが……」

知識はある。人間関係などは思い出そうとすれば、脳裏に浮かび上がってくる。

しかしそれは、実感を伴ったものではない。まるで映画や本の中の登場人物を眺めるような感覚で、どうにも実感を持てないでいた。

もちろん刑事時代だって、容疑者と深い関係があったなどということはなかった。そもそもそんな捜査官は事件を担当させてもらえない。

それは、私情から判断を誤り、捜査を混乱させる可能性を避けるためだ。

それでも、実際に会って、目にして、話をした印象というのは侮《あなど》りがたい。

今回のように、実感の伴わない印象と先入観で容疑者を絞るのは、危険と言わざるを得ない。

「お嬢様、旦那様がお見えになりました」

　そこでドアが控え目にノックされ、前回とは違って落ち着いた少女の声が聞こえてきた。これがいつものセシルの対応というわけだ。

「どうぞ」

　返事と共にセシルがドアを開け、ウィマー公爵家の当主、ヘルマン・ウィマーが入ってくる。

　厳格ではあるが家族にはダダ甘な面がある彼は、俺——というよりセラが意識を取り戻したと聞いて、飛んできたのだろう。

「セラ、目を覚ましたそうだな」

「ええ、ご心配をおかけしました。ヘル……お父様」

　一瞬知識から父親を名前で呼びかけたが、ここはこう呼ぶのが普通だろう。今の俺は、セラ・ウィマーなのだから。

　ヘルマンも、澄ました顔で言葉を交わしているが、拳はフルフルと震えていた。

　しかも目が潤んでいるところを見ると、必死に涙を堪《こら》えているのかもしれない。

　その様子を見て、俺は彼を容疑者から外そうかと考えた。ここまで隠し切れない情の深さを見せられて、露骨に犯人扱いできるほど、俺も非情ではない。

　しかしそれはそれ、これはこれである。念のために無罪を証明してからでないと容疑者から外してはならないのは、捜査の鉄則だ。

「私はどれくらい意識を失っていたんでしょう？」

「もう一週間だな。医師は三日がヤマと言っていたのだが、よくぞ持ちこたえてくれた」

極めて冷静を装ったセリフだが、語尾が震えているところがどうにも愛嬌《あいきょう》がある。

見かけは厳《いか》ついオッサンなのだが、どうにも甘えん坊な弟を想起させる。いや、俺に弟はいなかったのだが。

扉の外で待機していたセシルが、澄ました顔のままドアを閉める。先ほどの狼狽ぶりを目にしているだけに、その澄まし顔が笑いを誘う。

俺は思わず口元を綻ばせ、笑みを浮かべた。

「その様子だと、もう大丈夫なようだな」

「はい。少し身体に力が入りませんが」

「一週間も寝込んでいたのだから、無理もない」

「それで、今回の一件はどうなっているのでしょう？」

俺としては最も気になる案件である。このまま犯人を放置しておけば、また命を狙われかねない。

「お前は病気で倒れたことにして情報を封鎖しておる。目を覚ましたことも今のところは内密にしているから、セシルと私、リチャードたちとノーラしか知らんだろう」

「よかった──」

ノーラというのは、ヘルマンの妻──つまりセラの母親の名前である。公爵夫人としてサロンに出入りし、情報通ではあるが心の弱いところのある女性……という記憶があった。

ともあれ、これでしばらくは身の安全は確保できるだろう。

その間に犯人を見付けることができれば、一件落着となるはずだ。

「一応、お前とリチャード、アントニオを狙いそうな輩を候補に、密偵を送り込んでおる。もうしばらくすれば事件も収まるから、安心して回復に努めるといい」

「ええ、ですが……」

「どうかしたのか？」

「リチャード兄さんとアントニオ兄さんを狙う輩は、候補から外した方がよろしいかと」

「なに？」

確かにあの場にいたのは、次期当主のリチャードと補佐のアントニオ。そして次期大公妃のセラだけだ。

狙うとすれば、第一にリチャード、第二に俺というところだろう。

しかし、リチャードとアントニオに関しては、あの場にいたのはほとんど偶然に過ぎない。

俺が……というか、セラが気まぐれで『外で昼食』と言い出し、それを見たアントニオが駆け付け、彼を追ってリチャードがやってきたという流れである。

ここで彼らを狙って毒を盛るというのは、限りなく難しい。

俺がその旨を告げると、ヘルマンは顎に手を当てて考え込んだ。

「あの場で狙って毒を盛る、か。確かに二人を狙うのは難しそうだな」

「狙ったとすれば私、もしくは無差別。あるいはセシルを狙ったという可能性も、なきにしも非《あら》ずですが」

「セシルを？」

「はい。私が彼女を猫可愛《ねこかわい》がりしていることは、周知の事実ですし」

「…………いや、それはない」

俺の発言をヘルマンは沈痛な表情で否定する。

その言葉に俺は訝《いぶか》しげに首を傾《かし》げた。『記憶』によると、間違いなくセラはセシルを溺愛している。

それこそ目に入れても痛くないという言葉通りに。

しかしヘルマンは残念そうに首を振って、その理由を告げた。

「お前のその自覚のなさが、少々残念だ」

「どういうことでしょう？」

「セラ、お前は実によくできた子だ。公私をきちんと分けて行動しているのは、実に感心している」

「ありがとうございます」

「だがそれゆえに、セシルを人前では冷淡に扱っていただろう？」

「あっ」

セシルは家族同然とはいえ、廃絶した貴族の子女である。婚約が決まったセラにとって、あまり仲が良いことを公言していい相手ではない。

彼女を贔屓《ひいき》することで、断絶したセシルの実家を再興しようとする意志があると取られかねないからである。

そこを自覚しているからこそ、人目のある場所ではセシルを空気のように扱っていた。まるでいないもののように。道具のように。

そして人目がなくなるとセシルを抱きしめ、『冷たくしてゴメンね』『嫌いにならないでね』『大好き』と溺愛するのだ。

セシルもそんな事情を察しているため、表ではあくまで従者として振る舞っている。そして猫のように抱きしめてくるセラに『私もですよ』と返していた。

あの歳《とし》でそういった事情を理解できるというのは、さすが英才教育を受けているとしかいえない。

「そうでした、悟られないように行動していました」

「別に、表に出していいと思うがな。殿下が嫌な顔をするようなら、さすがに控えるように口出しさせてもらうが」

「いえ、そこはきちんとわきまえませんと」

小さく咳払《せきばら》いをして、自分の失態をごまかしておく。

それから事態を改めて考え直した。

「そうなるとセシルが狙われたという線は薄いですね」

「それに彼女は、もう関係者もほとんど残っていまい」

セラの記憶によると、貴族というのは面子《メンツ》社会である。

没落してしまった貴族は、それだけで平民以下の存在と化してしまう。なのでセシルの家族もすでに離散しており、関係者もほとんど表に出てくることはない。

それに彼女も家名を名乗ることはしていないので、実家との関係を知られることも、ほとんどないはずだった。

しかしこれは逆に、由々《ゆゆ》しき事態である証明となる。

「だとすると、狙われていたのは私ということになりますね」

「うむ。そうなると今のままの調査体制では問題があるな。すまないが私は仕事に戻らせてもらおう」

「ええ、私も少し疲れましたし、お気遣いなさらず」

「そういえばまだ病み上がりだったな。つい長居してしまったようだ」

「いえ。お見舞い、嬉《うれ》しかったですよ」

そう言うと愛想笑いを浮かべて、ヘルマンを見送った。

彼は部屋を出る前に一度だけ振り返り、俺の胸元を指差す。

「それと、早く着替えた方がいいぞ。そのままだと風邪を引く」

「？」

言われて自分の胸元を見下ろす。特に何も変わったところはない。少し冷たいだけ……

「ん？」

ふと、冷たさに違和感を覚え、寝間着を持ち上げてみる。

すると胸の下辺りの薄い生地が、ぐっしょりと濡《ぬ》れていた。

どうやら先ほど、セシルに抱き着かれて号泣された際に、涙で濡らされたらしい。

この生地だと、かなり透けて見えるに違いない。

それをこのタイミングまで指摘しないとは……ヘルマン、実の娘の成長をじっくりと観察していたな？

俺はセシルを呼びつけてから、彼女に手伝ってもらい、別の寝間着に着替える。薄い、ヒラヒラした寝間着にどうにも違和感を覚える。

それよりも、今の調子だとヘルマンの調査の方はあまり芳《かんば》しい結果が出ていないらしい。

だとすると俺自身の力で、セラを守らないと危険かもしれなかった。

その辺りの事情をセシルに話し、捜査方針を決めるべきだろう。その際に俺のことを伝えるべきかどうか……？

しばしセシルの顔をじっと凝視したせいか、彼女は居心地悪そうに身悶《みもだ》えした。

「な、なんですか、お嬢様？」

「なんでも……いえ、そうね。少し話しておきたいことがある」

「？」

彼女はセラ付きの侍女で、常に彼女に付き従っていた。

しかも目を覚ました時の狼狽《ろうばい》ぶりからすると、心の底からセラを慕っているのが俺でも分かる。

そんな彼女に四六時中そばにいられて、騙《だま》し通せる自信が俺にはなかった。

何より一途《いちず》にセラを想《おも》う彼女に嘘《うそ》をつき続けるのは、俺の良心が咎《とが》める。

結果として、彼女だけには真実を話しておこう、そう決意した。

「セシル。驚かないで聞いてくれ……というのは無理か」

「え、なんです？　っていうか、なんだか口調がおかしいですよ？」

「それを含めて伝えたいことがある。これは本当に謎の現象なんだが――」

そうしてセシルに、自分が別世界の日本という国の竜胆善次郎《りんどうぜんじろう》という刑事であったことや、なぜかセラの中に入り込んでしまったことを伝えた。

最初セシルは『何の冗談？』という顔をしていたが、俺の口調や仕草の違いから、それが真実であることを理解し始めた。

事実を受け入れ、驚愕《きょうがく》の顔を浮かべて悲鳴を上げそうになる彼女の口元を、俺は慌てて押さえる。

この事実はセシルだからこそ打ち明けたものだ。もしヘルマン辺りに知られた場合、愛娘《まなむすめ》の中に潜り込んだ悪魔として悪魔祓《ばら》いのような者を呼びつけられかねない。

何より、自由に動くことを禁じられ、幽閉される可能性もあった。

命を狙われている現在、そうなることはできれば避けたい。最低でも、自由に動けるようになるまでは身の安全を確保しておきたかった。

「静かに！　もしこれがヘルマン辺りに知られたら、幽閉一直線だ」

「もご、むぐっ」

「大きな声を出さないって約束してくれるか？」

俺の言葉に、セシルはしばし思案した後、小さくこくりと頷《うなず》いた。

その反応を確かめてから、俺はゆっくりと彼女の口元から手を離す。

セシルは俺を見上げながら、まるで敵を見るかのような、憐《あわ》れむような、複雑な視線を向けている。

「その、俺もどうしてこうなったのか分からない。それにどうやれば元に戻れるのかも分からないんだ」

「お嬢様をお返しいただくことはできないんですか？」

この期に及んでも丁寧な口調を心掛ける彼女に、俺はかなり感心した。

それは、彼女にとっては仇《かたき》と取られてもしかたない俺を、冷静に見ている証拠だからだ。

こんなに幼いのに、状況を冷静に見られるのは驚きだった。

「ああ。それに多分、これは彼女が望んだことなんじゃないかと、俺は思っている」

「セラ様が？」

「俺の記憶によると、セラは毒殺を企《たくら》まれ、倒れた」

「はい。私が付いていていながら——」

「知らずに給仕していたのだから、止めるのは無理だよ。ともかく、その時彼女は自分の状況を把握したはずだ」

「ええ。お嬢様は冷静沈着で賢明な方ですから、おそらくは」

「そして彼女は考える。自分が助かるためには、どうすればいいか？」

そこでセシルは小さく首を傾げた。その結果がどうして俺を取り込むことになったのか、把握できなかったからだ。

「セラは多分、自分を癒やすために全力を尽くしているんじゃないかと思う。そしてその間、自分を守るための存在を欲した」

「お嬢様は生きていらっしゃるのですね!?」

飛びつくように俺に向かって乗り出してくるセシル。未知の存在である俺にそれだけ近付くのだから、彼女のセラへの愛情の深さが窺《うかが》える。

俺は彼女の期待に満ちた目に大きく頷いた。

「確証は持てないが、多分。俺が彼女の記憶を辿《たど》れるのが、その証拠じゃないかな？」

記憶とは脳に刻まれるのか、心に刻まれるのか。その事実がどうなのか、俺には分からない。

しかし俺は、記憶とは別にセラの感情まで正確に知ることができていた。

それは彼女の心まで知覚している証拠なのではないか？

最初俺は、セラは死んだと考えていたが、ヘルマンやセシルに対する感情を知ることができたため、その考えを改めていた。

「そしてもう一つ、彼女は自分に毒を盛られたことを知り、犯人を捜そうと考えた。それができる存在を呼び込んだ結果……」

「リンドーさんがお嬢様の中に？」

「その可能性もあると、俺は考えている」

セシルは俺をリンドーさんと呼んだが、そのどこかたどたどしい口調は、やはり日本人ではないと明確に俺に理解させる。

「この状況でセラが生き延びたと犯人に知られた場合、確実に次の機会を狙ってくるはずなんだ」

「その間、無防備なお嬢様を守れる存在、そして犯人を見付けることができるかもしれない存在。それがリンドーさんだと？」

「そうだ」

かなりこじ付けなのかもしれない。そもそもセラの生存すら明確ではない状況だ。

それでも俺は、そうあって欲しいと考えていた。

「つまり、事件が解決すれば、お嬢様は戻ってくると？」

「可能性の一つではあるけどな」

「……そうであるなら、私はあなたに協力します」

キッと強い視線を俺に向けるセシル。彼女の敬愛する主人を取り戻すための覚悟が、そこには宿っていた。

「ああ、最初からそれをお願いしたくて、事実を明かしたんだ」

「ならいいですけど」

どこかツンとした口調で、彼女は告げる。まぁ、俺は主《あるじ》に寄生している謎の存在なわけだから、この対応なのもしかたない。

「あ、お嬢様が戻った場合、リンドーさんはどうなるのです？」

「それは……多分だけど、死ぬんじゃないかな。今度こそ」

「あなたは、それを受け入れるのですか？」

「しかたないさ。こんな幼い子供が死ぬよりは、よっぽどいい」

俺だって死にたいわけじゃないが、公僕として市民を守ることを常日頃から心がけていた。

未成年の、それも飛び切りの美少女を身代わりにして生き延びることは、俺の本意ではない。

そこを捻《ね》じ曲《ま》げてしまうと、俺の人生の意味が霧散してしまう気がしたからだ。

「というわけで、今回の事件で疑わしい人を捜そうと思ってる」

「リンドーさん自ら、ですか？」

「ああ。セラが生きていることが犯人に知られると、もう一度命を狙われる可能性があるから、先手を打たないとな」

「それは……確かに」

セシルは怯《おび》えたように、身体を震わせる。どうやらセラが倒れた時の様子を思い出したらしい。

「それを確実に避けるためには、犯人を見付けてしまうのが一番早い」

「事実ではありますけど、危なくないですか？」

「もちろん危険はある。だからいくつか用意して欲しい物がある」

「用意？」

「それとあの時、セラに毒を盛れたのは、屋敷内にいた者に限る。悲しい話だけど」

「そんな……いえ、でも……」

　否定する理由が思い浮かばなかったのか、セシルは言葉を濁す。

　そんな彼女の頭を優しく撫《な》でてやりながら、俺は言葉を続けた。

「もちろん、家族まで疑うのは苦しいことだ。でもそれは、家族を容疑者から外すための作業に過ぎない。疑って、それでも違うと確証が得られたなら、安心できるだろう？」

「そう、ですね。分かりました」

　強引に納得させたセシルに、当時の屋敷内にいた者をリストアップしてもらう。

　それを紙とインクを使って書き出していく。慣れない羽根ペンに四苦八苦しながら。

「リンドーさん、この文字は？」

「ん？」

「見たことがない文字ですね」

「ああ」

　いうまでもなく、ここは日本とは違う世界。使う文字も日本語ではない。

　今の俺はセラの記憶も持っているから、異世界の文字も書けなくはないが、どうしてもこちらの方が馴染《なじ》みがあった。

「俺の故郷の文字だよ。海外の人から見たら暗号みたいだとか言われていたな」

「暗号なんですか、凄《すご》いです！」

「暗号じゃないんだけど」

そういったことに憧れる年頃なのか、セシルは目を輝かせて身を乗り出してくる。

俺も子供の頃は、スパイグッズとか欲しかったなぁ。

「まずは家族。ヘルマンとノーラ、それとリチャードとアントニオ。それに俺……じゃなくてセラ」

「え、お嬢様も？」

「一応ね。あとセシル」

「わ、私は使用人枠では？」

「セラは家族も同然って思ってるよ」

「ありがとう、ございます」

また目を潤ませ出したセシルの頭に手を置き、気を落ち着かせた。再び泣き出されたら困る。

「とにかく、まずはヘルマンから考えてみるとしよう」

「はい」

紙にヘルマン・ウィマーと名前を書き、動機面を考察していく。

「セシルはセラが死んだとして、ヘルマンが何か得することがあるか、知ってる？」

「旦那様はそんなことしません！」

「それは俺も信じている。けど、したと仮定しての話だよ」

「仮定？」

「そう。例えばノーラや大事な人が人質に取られていた場合、俺を害する可能性はゼロじゃないでしょ」

「そんなことが――」

「あくまで例えばの話だけどね」

状況次第では、その可能性もある。そう指摘されたセシルは口元に手を当てて思案に耽《ふけ》る。

たっぷりと数分考えた段階で再び口を開いた。

「それでも、やはり旦那様はしないと思います。メリットよりもデメリットの方が大きい。というか、デメリットしかありません」

「そんなに？」

「はい。お嬢様はすでに第三王子殿下と婚約なされています」

「うっ――」

考えてみれば、この身体の持ち主は公爵令嬢。俺から見ればまだ若いと思えるのだが、この世界ならすでに婚約くらいしていてもおかしくはないらしい。

もしこのまま、中身が俺のままだとしたら……その末路は想像もしたくない。

死にたくはないが、男に迫られるくらいなら、早々にセラに身体を返そうと心に決める。

「第三王子殿下は王族の方ですが、王位継承権はそう高くありません。このままだと大公に任じられ、要職を務め領地を貰《もら》うことになるかと思います」

「大公がそんなにポンポン出て大丈夫なのかね、この国」

「大公は一代限りの名誉爵位ですから。後継者は公爵か侯爵辺りに落ち着くので、それほど数は増えませんよ」

「それなら大丈夫……なのかな？」

「ともあれ、そういった権力者と繋《つな》がりが持てるのですから、むしろ今の旦那様にとって、お嬢様はぜひ生きていて欲しい人材のはずです」

「なるほど、じゃあ動機面でもヘルマンはクリアーというわけだ」

「どーきめん？　くりあぁ？」

「俺を狙う理由がないってこと」

俺の言葉に安心したのか、露骨に安堵《あんど》の表情を浮かべるセシル。

この表情だけで、彼女がどれほどウィマー家を大切に思っているかが分かる。

「じゃあ、ノーラはどうかな？」

「奥方様ですか？」

一応俺の脳内にも、セラとしての知識が詰まっている。

しかしそれはあくまで知識であり、実感を伴っての話ではない。

ここはやはり、実際に一緒に生活してきた彼女の言葉の方が、真実味《しんじつみ》がある。

「そうですね、奥方様は旦那様よりも可能性が低いかと」

「なぜ？」

「ウィマー家の実権は旦那様がしっかりと手綱を握っていらっしゃいます。奥方様はそこになにか干渉できるような発言力はありません」

「ふむふむ？」

「ですから、お嬢様を害して利益を得るという場面が思いつきません」

「じゃあ、ノーラも可能性がないのか」

「ええ、間違いないかと」

この国は女性もそれなりの仕事につけはするが、やはり男性優位の構造であることには違いがなさそうだ。

この世界くらいの時代というのは、どこの世界でも女性の立場が弱いことが多い。

「次は兄たちか。リチャード兄さんはどうかな？」

「リチャード様は……うーん、あまりお話ししたことがないのですが……」

「セシルが我が家に来た時には、もう学院に通っていたからね」

「はい。それに勉学にも熱心で、いつも書斎に籠もっておられますから」

「悪いことじゃないけど、こういう時は少し困るな」

悩むセシルを見て、ふと彼女の重心が小刻みに左右に揺れていることに気が付いた。

そういえば結構長く話し込んでいる。その間、セシルは立ちっぱなしだった。

幼い体力では、結構きつい姿勢なのかもしれない。

「セシルも椅子に座ったら？」

この部屋にはベッドの横にサイドテーブルがあり、そこで看病していた名残か低めの椅子が置かれている。

セシルはちらりとそちらに視線を向けると、どこか残念そうに首を振った。

「いえ、私は侍女ですから、これくらいは」

そう言いつつも、先ほどの残念そうな顔が気にかかる。

もう一度椅子に視線を向けると、その理由が分かった。

「ああ、身長が足りないんだ」

「ううっ、あの椅子が小さいからで、決して私が小さいわけでは……」

「セシルは充分小さいからね？」

「あうぅぅ」

セシルは年齢のわりに少し小柄で、ベッドサイドに置かれた椅子では机の上を見るのはつらそうだった。

おそらく机の上には頭しか出てこないはずで、その状態で考察するのは無理がある。

悔しそうなセシルの様子を見ていると、ふと前世の自分を思い出した。

年齢は三十をとうに超え、同期の中でも結婚していった者も多い。中にはすでに子供を作っている者だっていた。

俺も早々に出会いに恵まれていれば、セシルくらいの子供がいてもおかしくはなかった……はずだ。

「しょうがないなぁ」

俺は隣に立つセシルの腋《わき》に手を差し入れ、そのままヒョイと膝の上に乗せる。

自分の子を膝の上に乗せて、勉強の面倒を見る。それは男なら一度は夢見る光景ではないだろうか？

持ち上げられた時はなにごとかと驚いていたセシルだったが、膝に乗せられてからは借りてきた猫のように大人しくなった。

いや、これは硬直しているのか？

「おおおお、お嬢様、これは⁉」

「ここなら机の上も見えるでしょ」

「いや、確かに見えますけど！」

「なら続きを。リチャード兄さんに動機はあるかな？」

「お嬢様はもう少し恥じらいを持つべきですっ‼」

膝から飛び降りようと、じたばた暴れるセシルの肩を押さえる。

その結果彼女を抱きしめるような形になってしまったが、これは不可抗力だ。ヘンに暴れられると膝から転げ落ち、床に頭をぶつけるかもしれないのだから。

確かにセシルの年齢で膝に乗せられるというのは屈辱かもしれないが、そうしないと見えないのだからしかたない。

前世ならこんなことすればセクハラと騒がれたかもしれないが、今の俺は彼女と同性。この程度の接触なら騒がれることはないと思ったのだが……

「そ、それよりリチャード兄さんに関して」

俺は自分の判断ミスをごまかすように、セシルに先を促す。

どうしても嫌がるようなら下ろすしかないか、とか考えていたが、セシルはそのまま動きを止めると紙面を見て思案した。

「は、はい……リチャード様は知識だけの話になってしまい恐縮なのですが、やはり可能性は低いと思われます」

「それはどうして？」

「旦那様とほぼ同じです。リチャード様は次期当主ですし、旦那様もリチャード様が二十歳になれば、爵位を譲ると公言されていますから」

「それは早くないかな」

「確かに当主となるには早いと思いますが、それが可能なほどリチャード様は優秀な方らしいので」

「次期当主の兄と、大公に嫁入りする妹か。確かに死なれる方が損だな」

「ですよね」

膝の上でモジモジと動きながらも、セシルは肯定する。

次期当主であるということは、現当主のヘルマンとほぼ立場が重なっていることになる。

動機面で見るなら、彼も白と見て間違いないだろう。

「では、最後にアントニオ兄さんだけど」

「アントニオ様は……正直『ない』と思う」

俺の疑問に、セシルは即答で返す。その感想に俺も同意だった。それにしても、セシルが敬語を忘れてしまうくらい、アントニオのイタズラ好きは知れ渡ってる。

セラの知識では、アントニオを一言で表すなら『ヤンチャな脳筋』だ。

運動好きでイタズラ好き。頭を使う作業は嫌いだが、苦手ではない。ただ自分から進んでそういう作業をしようとは思わない。

イタズラ好きなのも、あまり深く考えない享楽的な性格の発露だろう。

それゆえに当主には向いていないが、それは本人も自覚しているらしく、リチャードの補佐として生きる道に納得しているようだった。

「まぁ、アントニオ兄さんに関しては、俺も『ない』と思うかな」

「ですよねぇ」

彼もリチャードの補佐として、時にはリチャードに代わってウィマー家を率いていく立場だ。

だからこそ、将来強力な縁故を持つようになるセラを狙うとは思えない。

何より、家族全員がセラを愛していたのは、彼女の知識にもある。

「そうなるとやはり、家族に犯人はいなさそうか」

「はい。やはり外部の者じゃないですかね？」

「屋敷の中に外部の者が入ってこれるとは思えない。となると、誰かの差し金が送り込まれていたかもしれない」

「裏切者が屋敷の中に？」

「ああ。誰か事件後に姿を消した者はいない？」

問われてセシルは、今度は真剣な目で思案する。

彼女にとってセラは姉も同然、家族も同然の存在だ。それを害する犯人が自分の同僚にいたとなると、真剣にもなるだろう。

「今は夏の最中で、休暇を取る者も多いですから……誰が消えたと断言できるわけではないです」

「そうか、残念」

「ですが食事に毒を盛られたのなら、厨房《ちゅうぼう》の関係者を調べてみればいいかもしれません」

「お、セシル頭いい」

それは俺が動けるようになったら、真っ先に調べてみようと思っていた事柄だった。

しかし今は自分で動くことはできず、また幼い彼女に調べさせようというのは危険極まる。

なので、当面の間は傍観するように命じておく。

この間に証拠などを隠滅される可能性もあるが、セシルの命には代えられない。

「犯人がいたのなら、セシルの命が危なくなる。あまり無茶な行動はしないように」

「でも、逃げられちゃいますよ！」

「セラが倒れてから、もう一週間。逃げるならとっくに逃げてるはずだ」

「あ……」

今下手《へた》に動くと、セラが生きていることや、こちらが調査に乗り出したことまで、相手に悟られてしまう。

一週間も出遅れてしまった以上、対応は慎重に行う必要があった。

「まずは俺が回復して、自由に動けるようになってから」

「分かりました。それまで私は何をしていればいいでしょう？」

「そうだな……先に言ったけど、用意してもらいたい物があるから、それを集めてくれるかな」

しまい込む。

目の前には情報を書き込んだ紙が散乱している。それを片付け、人目につかない場所に

「分かりました！」

家族を疑っていたと知られるのは、やはり気まずいものがあるのだから。

「それで、私は何を用意すればいいのでしょう？」

「まずは使用人全員のリストからかな。捜査するにしても、対象を絞り込まないと、とてもじゃないけど手が足りない」

ウィマー家は公爵位を持つだけあってかなりの領地を持っている。

その本拠地ともいえる屋敷には、公爵を守るための騎士団すら常駐しているほどだ。

使用人、執事、護衛の騎士。屋敷に出入りする人間を数え上げれば、キリがない。

せめて怪しいと思える者のリストくらいないと、やっていられなかった。

「セシルは使用人、特に厨房周りをリストアップしてくれる？　でも決して危ない場所には近付かない事」

「大丈夫です、慎重にやりますから！」

どこかワクワクした表情で、目を輝かせるセシル。その顔は思わず頭を撫《な》でてあげたくなるほど可愛《かわい》らしい。

「ゴホン。それと身体《からだ》を鍛え直す必要もあるかな？　一週間も寝続けていたのなら、かなり鈍《なま》っているはずだし」

俺も警察に所属していたので、剣道や柔道の心得はある。日本の警察ではそういった武道の習得を推奨されていたからだ。

もっとも、実際に命のやり取りがあるこの世界で、スポーツと化した技能がどこまで通じるかは、全くの未知数だった。

「駐留している騎士の人に話を通しておきますか？」

「……いや、まだ俺が生きていることは最小限の人だけにしておきたいから、まだいいかな」

「分かりました。では準備だけしておきます」

「リストアップの件、くれぐれも慎重にね」

「はい」

セシルは少し名残惜しそうにしつつも膝から飛び降り、一礼してから部屋を出て行った。

それを見送ってから、俺は改めて机に向かう。

今後必要な物を紙に書き出しておくためだ。この世界では、科学があまりにも未発達だ。

それはこの世界に、魔術という力が満ち溢《あふ》れているからかもしれない。

もちろん個人の力量に差はあるのだが、それでも自分には理解できない魔術は、大きな力に感じられた。

「その分色々足りないから、作れる人材を探してもらわないとな……」

欲しい物を紙に書き出し、それを先ほどのメモと同じ場所にしまい込んで、俺は再びベッドに横になったのだった。

翌日から、俺は鈍った身体を鍛え直すためのリハビリに励むことになった。

それというのも、今のセラの身体は身を起こすのが精一杯で、机に移動するにもセシルの補助がいる。

何よりこの世界、トイレの概念があるのは良いが、それだけに用を足すためにそこに辿《たど》り着く必要があった。

一人で歩くこともできないし、常時セシルの力を借りるわけにもいかないため、侍女の一人に肩を貸してもらってトイレに行くことになるのだが、扉の前で待たれていると思うと非常に居心地が悪い。

携帯トイレの概念もなければ、大人用のおむつという道具も、この世界には存在しなかった。

「自動洗浄トイレとは言わないけどなぁ」

ただでさえ男女の性差で違和感のある行為。できるなら落ち着いた状況で用を足したい。なのに扉一つ挟んだ向こうに侍女が控えているというのは、どうにも馴染《なじ》めなかった。できるだけ早く、一人でトイレに行けるようになりたい。その一心でリハビリに励んでいた。

その甲斐《かい》あってか、三日後には自分で立ち上がり小走りで走ることができるまでに回復した。

「リンドーさん、もう立ち上がって大丈夫なのですか？」

「そうみたいだな」

毒を受け、全身が衰弱した状況から、一週間寝込んだとはいえ、リハビリ三日で自在に動けるようになる。

考えてみればセシルの指摘通り、異常な回復速度なのかもしれない。

「この身体、意外とスペックが高いのかな？」

生存したことを隠すため、できる限り人目に付く場所は避けないといけない。

そのおかげで今の俺は、ほとんど部屋に軟禁されたような状態にある。

先の付き添いの侍女も、そういった事情を理解している古参の信頼できる者だ。

「お嬢様は昔から、運動は苦手でしたよ？」

「そうだったのか？」

「勉学が優秀でいらっしゃいますから、別にそこは欠点にはなっておりませんでしたが」

「その話、どこで聞いたのかな？」


セラは学院に通い始めて半年ほど。もちろんセシルはそこについていけない。

彼女の成績を知るには、学院に通っていないと分からないはずなのに。

そう思って質問すると、セシルはなぜか明後日《あさって》の方向に視線を向け、聞こえない振りをしていた。

その態度であっさりと悟る。

「セシル、学院に忍び込んでいたね？」

「い、いえ、お嬢様をお迎えに上がった時に、ちょっと小耳に挟んだだけですよぉ」

そう言われれば多少は納得もできるか？　十代の若者が通う学院の前に、こんな愛らしい少女が待っていたら、誰しも構いたくもなる。

きっと女子などに囲まれ、さぞかし可愛がられたことだろう。

その光景が脳裏に浮かぶようだった。

「まぁいいいか。セシル、少し背中を押してくれる？」

俺は自室でできる運動として、柔軟体操を行っていた。

寝間着のままで行っているので、多少行儀が悪いとは思うが、部屋から出られないのだから仕方ない。

床にぺたりと座り込み、足を伸ばして身体を前屈させる。

しかし固まっているのか、なかなか前に倒れてくれない。

「え、私がですか？　その、それはさすがに」

「背中を押すくらい良いだろう？」

「ですが、女性が他者に身体を触れさせるというのは、少々はしたないと思います」

「十歳そこそこのお子様が生意気言うな。そういうセリフはあと十年経《た》ってから言いなさい」

「うぐっ、こう見えてもそれなりに成長しているんですからね」

セシルがこの屋敷にやってきたのは、三年前。当時十歳の少女は、それからかなり背を伸ばしていた。

とはいえ、まだまだ小柄であることは確かである。

「せめて五年って言ってくださいよ、もう……」

言いながらも背中に手を当てて、恐る恐るといった感じで押してくれる。

その力はかなり弱く、屈伸の補助になっていない。

「ほら、もっと力を入れて」

「いいんですか？　私、結構力ありますよ」

「子供の力なんて知れたモノだろ。遠慮するな」

傍《はた》から聞いたら少し怪しい会話に聞こえかねない気がしないでもないが、セシルは言われた通り、背中に圧《の》し掛かるようにして体重をかけてくる。

先ほどよりは強い負荷が背中にかかり。身体が大きく前に倒れ――

「いた、いたたたた⁉　ストップ！　セシルストップ⁉」

すぐさま限界を迎えて、セシルに制止を求めた。この三日でなんとなく分かっていたが、セラの身体は非常に硬く、鈍い。

三十過ぎの前世と比較するまでもなく、運動オンチだった。というかポンコツだった。

そして反対に、セシルの腕力が予想以上に強かった。

考えてみれば、彼女は年上のセラの身体を事もなげに支えてみせる場面が多かった。

実は腕力があることは、想像に難くなかったのだ。

ともあれ前屈はこれが限界ということを知り、続いて開脚前屈へと移行する。

この運動なら、先ほどよりも身体が前に倒れる……かもしれない。

「お、お嬢様、さすがにそれははしたないです！」

「ん？」

言われて自分の格好を見下ろす。確かに運動服ならともかく、女性用寝間着で足を拡《ひろ》げた開脚前屈は、そう言われても仕方ない格好だった。

しかしこの場にはセシルしかいないので、気にする必要もないと思うのだが。

「別にいいじゃないか、セシルしかいないし」

「いいえ、『私が』いるんです！」

「俺は気にしないよ？」

「『私が』気にするんですぅ!?」

口煩《うるさ》くすったもんだしながらも、結局逆らうことができない辺り、彼女はセラに心酔しているというべきか。

柔軟運動を終えた結果、セラの身体は予想以上に快適さを取り戻していた。

なんというか、無理が利《き》くというべきか、運動をすればするほど、倒れる前の状態に戻っていく感じがする。もっとも、それは運動オンチの領域から出ることはなかったけど。

ともあれ、結構汗をかいたので、身体を拭いてもらうことにした。

公爵家の屋敷であるウィマー家には、もちろん風呂の設備はあるのだが、部屋を出られないセラでは使用することができない。

そこで事情を知るセシルともう一人の侍女に身体を拭いてもらうことで、当面の問題を回避していた。

俺と共に運動したセシルが退室し、代わりに侍女がお湯を張った桶《おけ》を持って入ってくる。

絨毯《じゅうたん》の上で湯浴《ゆあ》みはできないので、なにも敷いていない場所に革のシートを敷いて、そこで身体を拭き、髪を洗ってもらうことになった。

「セラお嬢様の髪は本当にお綺麗《きれい》ですこと」

どこか陶然とした表情で侍女がそう告げてくる。

実際、セラの髪は黒く長い。しかも毛先まで艶やかで、どのような手入れをすれば、これほどの艶になるのかと不思議に思うほどだ。

一週間寝込んでいたせいで、その間は手入れをされていないはずなのに、と俺は首を傾《かし》げる。

「私が臥《ふ》せっている間も手入れを？」

「そうですね。不潔になるといけませんので、拭くくらいは」

おかげで髪がべたつくこともなく、清潔に保たれていたのかと納得する。

しかしそれはそれとして、この髪は少し不便でもあった。

長く美しい髪は確かに見栄えは良い。しかしそれを得てしまった元男の俺としては、頭が重いし、暑苦しい。

今後はこの髪と付き合っていくのかと思うと、少しばかり面倒に思ってしまう。

「夏だし、少し短くしてもいいかな？」

「とんでもございませんよ、これほどの髪を切るなんて！」

悲鳴のような声を上げる侍女に、俺は不思議そうな視線を向ける。

前世では手入れの楽な角刈り頭だったので、髪を洗うのも実に簡単だった。

しかしこの髪の量では、一人で手入れできる気がしない。

雑な手入れで髪質を落としてしまうくらいなら、最初から短くしてしまうのもありなのではないか、とそう考えていた。

何より……

「動きにくいのは問題があるから」

これから先、俺——というかセラが生きていることを知られると、再び刺客が差し向けられる可能性もある。

もしも荒事になった場合、この髪はそれだけで不利に働く。

長い髪は相手が摑《つか》みやすいし、自分の視界を塞ぐ可能性もある。身体《からだ》のどこかに引っかかっただけで動きも阻害される。

どのみち、捜査のために動き回るなら、この目立つ髪は邪魔になるはずだ。

髪を洗い終わった侍女が退室し、部屋で一人になったことを確認してから、寝間着を脱いで鏡の前に立つ。

一枚板の姿見には、美しい少女の姿が映る。

いまだ未成熟な面があるとはいえ、明らかに男性とは隔絶した姿。

細くしなやかな手足や豊かに育ちつつある胸、くびれた腰などは十五歳とは思えない色気を持っている。

しかも容貌は少しきつさがあるとはいえ、可憐《かれん》と言って差し支えない。

十人中、十人が彼女を美少女と呼ぶだろう。

「やはり、目立つな」

毒の入手経路を探るとなれば、街に出る必要がどうしてもある。

目立たないように、この上から少年の服やボロ着を纏《まと》った姿を想像してみるが、どう考えても違和感が残ってしまう。

「髪を汚してみたら？　肌も煤《すす》で汚してみるか？　ダメだ、どうあがいても男には見えん」

セラの毒殺に使われた毒の出所は、どうしても調べたかった。

前世でも凶器の出所というのは、非常に重要な情報だし、犯罪の予防という面でも流通経路を把握しておく必要がある。

まず、毒をこの屋敷の中で入手することは難しい。おそらく街中で手に入れたはずだ。ならば街に出てそれを調べる必要がある。

しかし調査をするには、騎士たちでは目立ち過ぎる。

ヘルマンが各地に派遣している密偵ならそれも可能だろうが……正直、この世界の捜査レベルが分からないため、成果はあまり期待ができない。

セラの知識では、指紋の概念すら存在していなかったからだ。

「もっともセラには必要のない知識だから、持ち合わせていないだけって可能性もあるか」

未来の大公妃として教育されてきたセラが、現代の捜査知識を持っているはずもない。

ともあれ、他の密偵たちに期待できない以上、自分で動くしかない。

そもそも今の状況だと、他人の調査が信用できないというのもある。敵は他にも潜んでいるかもしれないのだから。

「よし、切るか」

セラの身体に手を入れるのは少々どころではなく申し訳なく感じるが、必要である以上は覚悟を決める。

なにせ俺とセラの命に関わっているのだから、大目に見てもらおう。

テーブルの上から紙を切るためのハサミを取り出し、それをマジマジと見つめる。

「なんとも、妙な世界だよな」

全体的な世界観としては中世か、それに準ずるレベルなのだろう。

しかし民間で姿見の一枚板のガラスが存在していたり、ハサミのような金属加工技術が存在していたりと、微妙に進んだ面も存在する。

それもこれも、この世界に存在する『魔術』という存在の影響が大きいのだろう。

前世では科学の恩恵を受け、それをベースに発展してきていた。

しかしこの世界には魔術という技術が存在し、そちらを利用する文明が築かれている。

その影響で文明が一部進んでいたり、逆に未発達だったりする可能性があった。

「――いくぞ」

ともあれ今は、髪をどうにかする方が問題だった。

セラの身体に手を加えるという罪悪感を覚えつつ、気合を入れてハサミに力を籠《こ》める。

ジョキリと繊維を切る感触が伝わり、一房の髪の束が床に落ちた。

一息に大きく切れなかったのは、ハサミの切れ味が悪いことと、やはり俺の踏ん切りのなさだろう。

心の中で謝罪しながら、髪を肩口の辺りで切り揃《そろ》えていく。

専門の技能があるわけでもなく、あまり器用な方でもなかったため、かなり雑な整え方になってしまったが、首元がすっきりとして心地よい。

「髪は……集めておくか」

現代日本ではあまり聞かなくなった話だが、昔は切った髪を使ってカツラなどを作ったという話を聞いたことがある。

セラの髪は非常に美しいため、そういう需要があるのなら、後々金銭に交換できるかもしれない。

もっとも、公爵令嬢である彼女が金銭に困るという事態はあまり想像できなかったが、備えあれば……というやつである。

「とはいえ、このままというのは、さすがに酷《ひど》過ぎるな」

ショートカットの女性が美しくないというわけではない。

セラほどの美貌なら、髪を切ったところで、また違った美しさが発揮されるはずだ。

しかしそれはきっちりと整えられた髪の場合である。

雑に切られた髪では、その美しさも半減というところだった。

「…………それでもこの可愛《かわい》らしさか。末恐ろしいな」

鏡に映る自分の姿を見て、思わず口に出してしまった。

ざんばらに切られた髪だというのに、鏡に映ったセラの姿は、そこらのアイドルが裸足《はだし》で逃げ出すほどに愛らしい。

むしろ美しいから可愛いへと方向転換してしまったようにも見える。

どこか少年のようにも見える、中性的な容姿へと変化していた。

「ま、まぁいい。とにかく毛先だけでも整えないとな。これはさすがに自分でもできないし……」

かといって、別の人間を呼ぶわけにはいかない。

この部屋にやってこられるのはセシルと侍女、それに家族だけなのだから。

となると、選択肢は一つしかない。

「セシルにしてもらうか」

寝間着を着直してから机の上のベルを鳴らし、セシルを呼ぶ。

侍女を呼んだ場合は悲鳴を上げられそうだし、家族なんてもってのほかだ。

セラの記憶から見るに、母親などは失神しかねない。

そんな考えに耽《ふけ》っている間にも、部屋のドアが三度ノックされた。

「お嬢様、お呼びですか？」

セシルは俺を『リンドーさん』と呼ぶが、人前ではきちんと取り繕って『お嬢様』と呼んでくれている。

それが妙に距離を感じるため、俺としてはあまり好ましく思えない。

それはセシルが、俺を通してセラを見ている証拠であり、ひいては俺を見ていないという証《あかし》にもなるからだ。

「ええ、少し人目を避けたいので入ってくれる？」

「それは今さらだと思うのですけど」

セシルの言う通り、今の俺は人目を避けて過ごす状況にある。

彼女の言葉にもっともだと苦笑を漏らし、室内に迎えた。

今の俺の姿を見て、セシルは大きく目を見開く。

どうやら彼女も、あまりこの姿を好意的に思わなかったらしい。当然か。

「おじょ――むぐぐ」

叫び声を上げることが様子から見て取れたので、俺はすぐさまセシルに駆け寄り、その口を手で塞ぐ。

同時に部屋に引っ張り込んで、後ろ手にドアを閉めた。

「静かに。大きな声を出さないでくれる?」

口を押さえて暴れないように後ろ手に拘束し、背後から抱きすくめるようにして動きを封じる。

薄着の少女が十三歳のメイド少女を拘束するという、背徳的かつ訳の分からない状況に、俺本人も頭が痛くなった。

最初はじたばたともがいていたセシルだったが、しばらくすると観念したらしく大人しくなった。

「大声出さない?」

「むぐっ」

背後から耳元に囁《ささや》くように警告すると、セシルは顔を真っ赤にしてコクコクと頷《うなず》いた。

同意を得たのでセシルの口から手を離すと、彼女は声を潜めながらこう返してきた。

「暴れませんから、早く離してください。当たってます!」

「ん?」

言われて今の状況を冷静に把握する。俺はセシルの動きを封じるために、口に手をやり、反対の手で彼女の腕を後ろ手に固定し、背後から抱きすくめるように拘束していた。

足も逃げられないように片足を絡めている。

傍《はた》から見れば、かなり刺激的な恰好《かっこう》かもしれない。

極め付けはセシルの背中に押し付けられた、胸の存在だろう。

本来は形のいいそれは、圧力に負けてぐにゅりと形を変えている。

「ま、セシルならいいか」

「よくないですよ⁉」

これがもし男性相手なら恥じらいも見せるべき場面なのだろうが、相手がセシルではそんなに恥ずかしくもない。

むしろ照れるセシルが可愛らしく感じて、もっとイジメてみたい感情すら湧いてくる。

俺に加虐趣味はなかったはずなのだが、と不思議に思う。

ともあれ、このままでは話が進まないので、セシルを解放した。

「それで、お嬢様。その髪はどうしたんです？」

「今後の邪魔になるから切った」

「邪魔って……」

俺の言葉に呆気《あっけ》に取られるセシルだが、現状身動きが取れない俺にとって、彼女の協力は必須だ。

なのでなぜ髪を切ったのかを懇切丁寧に説明し、同意を求める。

「この先、身体を元に戻すために運動をしなくちゃいけないだろ？　それに髪を切ることで私の印象を変えれば、変装になるかと思って」

「むしろ悪目立ちしちゃってますよ」

「だからセシルを呼んだんだよ。髪を整えて、せめて見栄えをよくしないと」

「せめて切る前に呼んで欲しかったです」

「呼べば絶対反対したくせに」

「当然です！」

セシルは頬を膨らませて怒ってみせるが、その仕草自体が子供っぽくて可愛らしい。

むしろ、イジメてしまいたくなる衝動すら湧いてくる。

しかし今は、髪を整えることが本来の目的だ。

俺は彼女に背を向けて椅子に座り、無言で作業を要求した。

セシルもそれを察したのか、大きく溜め息《たいき》を吐《つ》いてから、部屋にあった厚めの本を掻《か》き集める。

彼女の身長では、髪を整えるには少しばかり背が足りないので、踏み台に使うつもりなのだろう。

そうして待つことしばし、不意に肩にセシルの上着が掛けられた。

「その恰好じゃ、寒いでしょう？　私のショールでよければ、羽織っていてください」

「ああ、ありがとう」

確かに寝間着一枚では、いかに夏の夜とはいえ身体が冷える。

その配慮に感謝を示しながら、彼女の気配りに感心した。

しばらくして首筋に手が添えられ、ショキショキと音を立てて髪を切られる。

丁寧に、しかし優しく繊細な手付きに、心の底から感心した。

セラは少々どころではなく不器用なところがあったし、俺は大雑把《おおざっぱ》な性格だったから、雑な散髪しかできなかった。

しかしセシルのそれはプロも顔負けなのではと思うほど、丁寧だ。

「結構慣れてるね？」

「使用人同士で髪を整えたりしますから」

「給金はケチッてないみたいだけど？」

「ええ。お金はあるのですが、時間が……」

言われてみれば、この世界には定休日や週休という概念は存在しない。

彼女ら使用人は二十四時間年中無休で職務を要求される。

休みといえば申告制で、それだって頻繁に取ってしまうと雇い主の心証が悪くなる。

前世の基準で考えると、とんでもなくブラックな職務形態といえた。

「そういえば……セシルは疑われなかった？」

どこか手持ち無沙汰になって、ふと思いついた疑問を投げかける。

そう、考えてみれば、あの状況で真っ先に疑われるべきは彼女だ。

セシルはセラの食事の給仕を行っており、毒を入れる機会が最も多い存在だった。

俺は家族にすら真っ先に疑いをかけたというのに、なぜか彼女は最初から容疑者として除外していた。

「ええ、少し。ですがすぐに疑いは晴れましたよ」

「なぜ？」

「そりゃあ……私はこのお屋敷以外に、行く場所がないですから」

セシルの実家は没落貴族だ。没落するということは、それなりの不名誉な出来事が存在したはずである。

それはセラには詳しく知らされていないが、彼女が虐待されていたという話は聞いた記憶があった。

もしこの屋敷を追い出されてしまうと、彼女は行き場を失ってしまう。これは紛れもない事実だ。

もっとも、それは彼女を受け入れるという条件と引き換えに、セラの命を狙えと命じられれば、霧消してしまう条件ではある。

「なんでだろう？」

なぜか彼女を疑えない。その事実に首を傾げて考え込む。

すると即座にセシルが首の位置を元に戻す。少しゴキッと音が鳴ったぞ？

「リンドーさん、刃物を使っているんですから、首を動かさないでください」

「あ、ごめん」

まっすぐに前を向き、微動だにしないままで思考を巡らせる。

刑事時代の自分なら、真っ先にセシルを疑い、その疑惑を晴らそうとしたはずだ。

だというのに、なぜか彼女に疑惑を持たなかった。

その疑問にはやがて答えが出た。

おそらくは、俺にセラの影響が出ていたのだろう。

セシルという人間を知るために、セラの記憶を読み取った。

その時の知識が、俺の思考に影響を及ぼした可能性がある。

「信頼されてるねぇ」

「信頼というか……私だけでは何もできないと侮られたというべきでしょうか」

「そんなことはないだろ」

毒を盛ること自体は、それこそセシルより幼い子供でも可能だ。

問題は毒をどう調達するのかと、誰にも見られず、知られずに盛れるかという点である。

そういう点では、彼女一人で何もできないというのは事実かもしれない。

なんにせよ、彼女が犯人というのは、確かに考えにくい。

もし犯人だったなら、今この瞬間にもハサミで首を掻き切ればいい。

セラも俺も、いつの間にかセシルに全幅の信頼を置いていた。

「セシル、そろそろ捜査に乗り出そうと思うのだけど？」

「リンドーさん自らですか？　私としては自重して欲しいところですけど」

目覚めてまだ三日しか経《た》っていない。普通ならようやく自立できるかというところだろう。

しかしセラの身体《からだ》は、運動能力こそ低かったが、回復能力は異常に高い。

おかげでどうにか、日常生活なら不満のないレベルまで、すでに回復していた。

問題は、それが俺本人のことだから分かることであって、セシルには知りようがない。

だから彼女は反対していた。

「正直、屋敷で毒を盛られたんだ。誰を信頼していいか分からない。その点、セシルなら信頼できると思っている」

「それは光栄ですけど……」

セシルはあれから、俺の指示通りに使用人のリストを作ってくれていた。

その中で調理補助を担当している使用人が一名、姿を消していた。

これは父のヘルマンも怪しいと思ったらしく、密偵を派遣してその行方を追っているらしい。

しかしその結果は芳《かんば》しくないとも聞いていた。

「密偵の中に一人でも裏切り者がいた場合、調査が行き詰まる可能性が高い。完全に信頼できるセシルと、自分で探すしかないんだ」

もし密偵の中に裏切り者がいたら、その一人が正解の情報を押さえてしまえば、永遠に真実に辿り着けなくなる。

顔も見たことない密偵よりも、自分で調べた方が納得できるし、確実でもあった。

「リンドーさんは自分が狙われているという自覚があるんですかね？」

「もちろん。あるからこそ早期解決を目指しているんだ」

「普通のご令嬢なら、自室に籠《こも》って捜査なんて人任せにするはずなんですが」

「普通じゃなかったってことだ。諦めな」

「その口調、なんだか似合いませんよ」

「……む」

セラのような可憐《かれん》な容姿で俺の言葉遣いは、どうにも外見と不似合いに聞こえてしまう。こればかりは慣れてもらうしかない。というか俺が慣れる必要があるのか？

「それより、本格的に自衛手段を講じたいから、動きやすい服が欲しいんだ」

「自衛に、動きやすい服ですか？」

「うん。せっかく騎士団が屋敷に駐留しているんだ。護身術程度でもいいから武術や魔術を学ぼうかって話をしたでしょ？」

「フム？」

セシルが背後で、首を傾《かし》げたような気配が伝わってくる。

「で、動きやすい服。できればボタンみたいな留め具がない、一枚布を縫い合わせた服が良いな」

「一枚布ですか？」

「うん、それと通気性、風通しが良いとなお良い。あとズボンも丈の短い動きやすい奴《やつ》を用意して欲しい」

「……なるほど、分かりました。準備しておきますね」

意外と素直に、セシルは承諾してくれた。なんだか齟齬《そご》がある気がしないでもないが、用意してくれるなら問題はない。

それにしても、屋敷に容疑者らしい者はおらず、怪しい使用人は行方不明。

毒物の入手経路も不明となると、現状では八方塞がりだ。

「この事件、意外と面倒なことになるかもなぁ」


日本なら捜査のためのチームが組まれるが、この世界では俺一人だ。

密偵たちと違って、圧倒的に人手が足りない。

かといって父親のヘルマンに協力を願い出るのも、怪しまれるだろう。

愛する娘の中身がオッサン刑事に変わったと知られれば、どんな対応をされるか分かったモノじゃない。

下手《へた》をすれば幽閉とかされるかもしれない。あの溺愛ぶりを見るに、その可能性は少なくないだろう。

今信頼できるのはセシルだけだ。彼女と二人で、事件を解決まで持っていく必要があった。

第二章 自衛のための下準備

翌朝、俺はセシルを伴って、朝食の場に顔を出した。

父であるヘルマンは、公爵というだけあって忙しい人間で、こういう食事の場くらいしか顔を合わせることができない。

もちろんその場には家族全員揃《そろ》うので、調査の進捗を尋ねるにはちょうどいい場であった。

食堂に顔を出した俺を見て、セラの母親であるノーラは一瞬で硬直した。

「セラ、その、か、かか、か――」

「髪ですか？　邪魔になるので切りました」

俺に実感はないが、一応彼女はセラの母親だという知識はあるので、できるだけ丁寧な口調を心掛けた。

他にも所作に関しても注意していたので、特に失礼に当たる要素はないはずだ。

「髪、そんな簡単に——女の命なのに……ふぅ」

まるで溜《た》め息《いき》のような声を漏らし、糸が切れた操り人形のように横倒しに倒れる。

「お母様⁉」

「母上⁉」

「ノーラ！」

急に倒れた母親を、長男のリチャードがとっさに滑り込んで支えた。

ノーラというのが母親の名前らしい。これは俺の脳内にあるセラの知識とも合致した。

その母親が急に倒れたのだから、日頃冷静なリチャードが慌てふためいてスライディングキャッチを試みたのも、理解できる。

「よく間に合いましたね」

「セラ、お前は……いや、いい」

感心した俺の声に、誰のせいだと言わんばかりの視線をこちらに向けてくるリチャード。

タイミング的に明らかに俺のせいだというのは分かるが、本当にここまでショックを受けるとは思わなかった。

男の俺には理解できない価値観が、ここにはあるらしい。

「とにかく医者を早くここへ。頭は打っていないはずだからおそらくショックによるものだと思うが」

「承知いたしました」

リチャードの指示に、てきぱきと対応する使用人たち。

そこに怪しげな態度を取る者はいない。しかし念には念を入れておく必要がある。

セラを殺し損ねたと知った敵が、次はノーラを狙わないとも限らない。

「セシル、あなたも一緒に行って様子を見てあげて」

「はい、お嬢様」

現状、セシル以上に信頼できる人間は、他にいない。

彼女がそばで監視してくれていれば、敵も無茶な行動はしない……と思いたい。同じ状況で毒殺されかけたセラという例もあるので、完全には安心はできないが。

駆け付けた医師がざっと様子を見て、問題ないと診断したので、改めて俺たちは食卓に着く。

パンに卵にサラダというオーソドックスなメニュー。それぞれの品質は高いが、公爵という地位の朝食としてみれば、質素かもしれない。

「それでセラ。なぜ髪を切ったのだ？　それでは、その……」

「そうだぞ、せっかく綺麗《きれい》な髪だったのに」

口籠《くちご》もるヘルマンを見て、俺は即座に言いたいことを理解した。ちなみにヘルマンの後に次いで非難の声を上げたのは、アントニオだ。

彼もどうやら、セラの髪を気に入っていたらしい。

そしてヘルマンは、第三王子との婚約について危惧しているらしかった。

この世界で、髪が女性の美しさの基準の一つだとすれば、確かにその危惧は理解できる。

しかし今は、それよりも生き延びることが先決だ。

「お父様、髪はいずれ伸びます。今はそれよりも、己の身を守ることが大事と思い、髪を切りました」

「髪を切ることと身を守ることがどう繋《つな》がるのだ？」

ヘルマンの疑問ももっともだと思い、俺は詳しく説明することにした。

「私もいつまでも部屋に籠もっているわけにもいきません。ましてや、このまま籠もっていれば毒殺の噂《うわさ》が自然と広まってしまいます」

「確かにな。外で倒れたおかげで目撃者も多い。使用人たちには口外しないように命じておいたが、それとて万全とは言えぬ」

「たとえ死を免れたとしても、その後部屋に籠りっきりとあっては、公爵家の名に傷が付きましょう」

「む……」

暗殺者に怯《おび》え、部屋に籠もってしまったというのは、公爵としてはいささか外聞が悪い。下手をすれば、暗殺者に屈したと取られてもおかしくはなかった。

そういった思惑があるからこそ、俺がこうして部屋から出てくることができたわけである。

「こうして人前に出る以上、また狙ってくるかもしれません。その時、美しくはあれど長い髪はむしろ邪魔になります」

「確かに髪を摑《つか》まれたりすれば、それだけで動きを阻害されかねないな」

「アントニオ兄さんはさすがに分かってますね」

「騎士たちの中にも、それが理由で髪を短くしている者たちはいるからな。でも、もったいない」

いかにも惜しいと言わんばかりの視線を俺に向けてくる。

とはいえ、アントニオの理解を得られたのは大きい。彼はこの家で随一の武闘派だ。こと武力面に関してならば、彼の言葉はヘルマンにも影響を及ぼす。

「分かった。そういう理由なら納得もしよう」

「それといくつかお願いがあるのですが？」

「お願い？　お前のお願いというのは珍しいな。言ってみなさい」

日頃厳しく自分を律しているセラは、我がままというのをほとんど言わない。

それだけに親バカな面があるヘルマンは、少し物寂しい気分を味わっていたようだった。

「はい。寝込んでいた間に身体が弱ってしまったこともありますし、自衛のために護身の武術を学びとうございます」

「護身術を？」

「はい。騎士たちに指南していただければと。アントニオ兄さんでは、甘さが出てしまうと思いますので」

自他共に認める脳筋のアントニオが先に名乗り出ないよう、ちらりと視線を向けて牽制《けんせい》する。

それを察して、彼は『してやられた』という顔で頭を掻《か》いていた。

「し、しかし……騎士たちに交じって訓練となると、セラにはあまりに過酷なのでは？」

「むしろアントニオ兄さんでは加減が分からず、俺――ゴホン、私の方が壊れてしまいます」

「うむ、納得。許可しよう」

「ちょっと、父上!?」

自他共に脳筋を認める兄の猛特訓を想像して、あっさりと手の平を返すヘルマン。

武人ではあるがお調子者で、やや軽薄な面もあるアントニオに、女性を鍛えるという重責を負わせるのはさすがに怖かったのだろう。

「そういうわけで兄さん、基本的な訓練だけでも構いませんから、騎士たちに話を通していただけませんか？」

「まぁ、セラがどうしてもと言うならかまわないけど、無茶はするなよ？」

「もちろんです。自分が病み上がりであることを忘れたりしません」

神妙な顔でそう告げて、俺は食事を進めることにした。

ノーラがいなくなってしまったとはいえ、その容態は一過性のもので心配には及ばない。それぞれが安心して食事することになったのだが、俺の会話は弾まなかった。

なにせセラの知識はあれど、それが身になっていない状態である。

髪のこともあるが、変な行動を取ってボロが出ないかと冷や冷やしていたからである。

再び自室に戻った俺は、セシルを呼び出していくつかの品物や情報を集めるように指示した。

どうやらノーラに毒を盛ろうとした者もいなかったようで、屋敷の中は平穏そのものである。

「お呼びですか、リンドーさん」

「うん、服の方は準備できた？」

「はい、動きやすい服ですね。すでに用意しております」

「それと、街に出た時に錬金術師の情報を集めて欲しい」

「錬金術師、ですか？」

「そう」

この世界には魔術というものが存在し、非常に便利に使われているらしい。

その影響か、科学的な道具に関しては非常に進歩が遅れており、刑事時代に使っていた道具類が存在していない。

護身ということになれば、拳銃の一つも身に着けておきたかった。

そこでこの世界の科学者ともいうべき錬金術師に、銃を作ってもらおうと考えていたのである。

「けんじゅー？」

「それに関しては、錬金術師に直接話すから、その時にでも。他にも相手を拘束する手錠や望遠鏡、会話を録音するレコーダーやカメラなんかも欲しい」

「すみません、聞いたことない道具ばかりなんですけど……」

「ま、そうだろうね。全部俺の故郷の道具だから」

それぞれの仕組みに知悉《ちしつ》しているわけではないので、ごまかすように大雑把に伝えた。

セシルに訝《いぶか》しまれるのは重々承知の上だが、少なくとも手錠——拘束道具は必要になるだろう。

セラの知識では、この世界の命は軽い。犯人を見付けたとしても、開き直られて襲い掛かられる可能性は非常に高い。

見付けたら、その場で相手を制圧し、身柄を拘束する必要があるはずだ。

そのために手錠と、身を守るための武器——相手にとって未知の武器である拳銃は必要になるだろう。

「まぁそんなわけで、いくつかの道具を作ってもらいたいから、腕のいい錬金術師と繋ぎを取りたい」

「つなぎ……？」

「えっと、面識を持ちたい？」

「ああ、そういう意味ですか」

納得したという顔で、セシルは手帳を取り出してメモを取る。

さらに酒場など情報を聞き出せそうな場所も聞き出しておく。

「それで、どんな服を用意したのかな？」

「あ、はい。こちらに」

セシルは侍女服の懐から一着の服を取り出す。懐にはどう考えても入らない容量に、俺は思わずぽかんと口を開く。

「それ、どうなってるの？」

「え？　ああ。これは庶民がよく着ている貫頭衣で、腰の横で紐《ひも》を結んで固定する服です。これに半ズボンを合わせれば、動きやすくて風通しのいい服になりますよ」

「いや、聞きたいのはそっちじゃ……まあいいか。なるほどね、ちょっと横が気になるけど、動きやすそう。これなら騎士たちの訓練でも問題ないかな」

「はい、訓練ですね。じゃあ早速着替えてきます！」

「うん……ん？」

セシルは取り出した服を置いて、部屋を飛び出していった。

というか、何でセシルが飛び出していくんだと疑問に思いながらも、残された服に着替える。

そして騎士たちが訓練している屋敷の外庭に向かっていった。

俺から一歩遅れて、セシルも追い付いてきた。

どうやら、俺と同じ服に着替えていたらしく、貫頭衣に半ズボンというスタイルだ。

「あれ、セシルも訓練を受けるの？」

「はい……え、お嬢様!?」

セシルは俺の格好に驚きの声を上げる。

「なんでリンドーさんがそんな恰好《かっこう》を!?」

「いや、騎士の訓練を受けるためだけど？」

「それは私の役目なんじゃ？」

「なんで？」

「だって、お嬢様を守るために、騎士の訓練を受けろって意味だったのでは？」

どうやらセシルは自分が護身術を学ぶため、俺が運動服を用意させたと思っていたようだ。

ならなぜセラの部屋に運動服を置いていったのかと聞きたいが、彼女のことだからきっと慌てていたんだろう。

それくらい彼女はこの訓練に興奮していた。

「まぁ、騎士と訓練と聞いたら喜ぶかな？」

「そ、そんなことありませんよ！　私はお嬢様を守るための訓練を受けられることが嬉《うれ》しかっただけで……」

「はいはい」

この世界で、騎士といえば花形職業だ。もちろん侍女だって、悪い職業ではないが、セシルくらいの年頃の少女なら、騎士に憧れはあるはず。

カッコいい騎士様とお近付きになれるチャンスとか、考えているのかもしれない。

セシルは必死に言い訳しているが、先ほどの勢いをごまかせるはずもなかった。

そんな子供っぽい慌て方に苦笑を漏らしながら、俺は騎士たちが訓練している場所を目指す。

セシルもそんな俺の後ろについて歩くが、どうもその足取りが少しおかしい。

「あの、リンドーさん。その服装はやめません？」

「なんで？　セシルが用意してくれた服だろう？」

「私が着ると思っていたから、それを用意したわけで……」

そういえば、今朝騎士の訓練に参加する許可を貰《もら》った時、セシルは席を外していたっけ。

俺本人が参加するとは思っていなかったらしい。

「別に同じでも問題ないだろ」

気付く。

悲鳴のような声を上げるセシルに、進行方向で準備運動をしていた騎士たちがこちらに

話を通してもらっていたからか、最初はやっと来たかという顔でこちらを見るが、俺を

見てギョッとした顔をする。

「セ、セラ様、その服……いえ、髪が……⁉」

「動きやすそうでしょ。セシルが整えてくれたんだ。服もね。ところで話は聞いてるか

な？」

「は、はい」

騎士隊長らしき男は、こちらに恐る恐るといった風情で話しかけてくる。

その視線は俺の胸元や腰の辺りに向かっていた。

なるほど、確かにこの世界の女性としては、かなり露出の多い格好だからな。

とはいえ、ドレスを着たまま訓練なんてできるはずがない。

「まぁ、そこはそのうち慣れるでしょ」

「な、慣れるでしょうかね？」

「ともかく、最初は何をすればいいのかな？」

「あ、はい。激しい運動をすることになるので、まずは身体《からだ》を解《ほぐ》してください」

「ふむ、準備運動ね」

俺の言葉にセシルはまた首を傾《かし》げていたが、俺が準備運動の重要性を詳しく教えてやる。

それを聞いて感心するような視線を向けてくるが、この子のこの視線は、少し癖になる。

なんだか自分が凄《すご》く頭のいい人間になった気分になって、非常に危ない。

あと純粋な尊敬の視線に、少しばかり心が痛かった。

「じゃ、セシル。お願い」

「はい」

セシルに柔軟の補助を頼み、俺は準備運動を開始した。

地面に直接座って前屈を始め、その背中をセシルが押してくれる。彼女も二度目なので、今回は戸惑いは見られない。

加減してこちらに合わせてくれるセシルの補助を受けて身体を起こした時、なぜか騎士が数名姿を消していることに気付いた。

「あれ、他の者は？」

「セラ様、それを聞くのは酷でございます」

隊長らしき騎士が恭しくも若干迷惑そうにそう告げてきた。

年配の彼は平然と対応していたが、他の若手たちはどこか前のめりな姿勢だ。

「ひょっとして、他の騎士たちは体調が悪いのですか？」

「リン……お嬢様、その辺で。騎士様、私たちは少し離れたところに移動しますね」

「そうしてくれるとありがたい」

背後に視線を向けると、セシルは胸元を押さえるようなポーズで身をよじっていた。

そのポーズを見て、俺は事態を悟る。

確かにこの服装では、脇が無防備だ。前屈などで身体を前に倒すと、特に危険な場所がよく見えるだろう。

体格が小さく、服の隙間が多いセシルは特に丸見えになっていたかもしれない。

「なるほど。これは迂闊《うかつ》だった」

「お嬢様はそういう面で無防備ですから」

というか、男だった俺にそういう羞恥心はない。急に女性らしく振る舞えと言われても、戸惑うのは理解して欲しい。

もっともセラを信奉するセシルにとっては、現状自体が納得できないものだと思うと、気持ちも理解できなくはない。

しかし騎士たちはセシルの言葉に納得したのか、大きく頷《うなず》いていた。

公爵令嬢のセラの羞恥心の薄さは納得できるものなのかもしれない。

少し離れた場所で柔軟を終え、次に背筋を伸ばす運動に入る。

セシルと背中合わせで腕を組み、互いの背に乗るようにして背中を伸ばす。

しかしこれは予想以上に恥ずかしかった。

背中を伸ばすことで胸が異常に強調されてしまう。しかも俺は下着らしき物は着けていなかったので、その形が露骨に浮き出てしまっていた。

「セ、セシル。これはさすがに！」

「え？」

慌ててセシルの背から飛び降り、逆にセシルを背中に乗せるように、身体を前に倒す。

すると今度はセシルが俺の背に乗る形になり、彼女の胸が強調される。

小柄で幼い彼女は胸の膨らみもそれほどではないが、それでもしっかりと存在している。

俺よりはマシとはいえ、服を引っ張られることでその形が浮き出て……そして服が横にずれた。

「ひゃわあぁぁぁぁぁっ!?」

しかし背中のことなど、俺には分かるはずもない。暴れているのは先ほどの俺と同じ状況だと思い込み、暴れる手をしっかりと押さえ込む。

「さっきの俺の恥ずかしさが分かったか」

「ち、違います、違いますからぁ！」

「反省の言葉がないようだな」

「やめてぇぇぇえ！」

あまりに悲痛な声に、俺はセシルを解放してやる。

コロンと背中から転がり落ち、ずれた服を両腕で隠すセシルを見て、俺はようやく事態を把握した。

「……あ」

「ふえぇぇぇぇん」

見ると騎士たちも動きを止め、こちらをしっかりと凝視していた。

そして再び、数名がトイレと言って離脱していく。

うん、幼いとはいえ、セシルも美少女だから仕方ないよな。距離が離れていたことがせめてもの救いか？

「あー、その、ごめん？」

「リンドーさんのバカァ！」

「いや、ここで俺の名前を呼ばないで!?」

距離が離れているので、何のことか分からないとは思うが、それでも名前を出すのは慎重を期して欲しい。

しかたないので彼女の頭を抱き寄せ、撫《な》でて落ち着かせる。

「ごめんごめん、俺が悪かったよ。よしよし」

「子供扱いしないでください～」

泣きながらも俺に抱き着き、グリグリと顔を押し付けてくる。

そのたびに今度は俺の服がずれそうになるので、さすがに騎士たちに背中を向けて隠しておいた。

「うぅ、すみません、取り乱してしまいました」

しばらくして泣き止《なや》んだセシルは、俺に向けて頭を下げてきた。

さすがにこれは俺の方が悪いと思ったので、謝罪は拒否しておく。

「いや、俺の方が悪かったから」

「仮にもリンドーさんはお嬢様の身代わりなのに、失礼な態度を取ってしまいました」

「身代わりというところに、ちょっと不本意な気持ちになるが……」

ともあれ、このままではせっかく解した身体が固まってしまう。

俺はごまかすように隊長に声をかけて指示を乞う。

「次は何をすればいいかな？」

「あ、はい。次は基礎体力を付けるためにランニングですね。この敷地の外を三周です」

「三周……」

ウィマー公爵家の屋敷の土地はその名にふさわしい広さがある。

その周囲を三周となれば、距離は軽く二十キロを超えてくる。

運動前のランニングにそれだけ体力を使うとは、この世界の人間を異常だと感じてしまう。

聞いたところによると、この基礎体力作りだけで二時間近く使うらしい。

マラソン選手よりスピードは断然遅いのだが、それを毎日となるとこれはとんでもない。

この世界の人間の体力を甘く見ていたかもしれない。

「リンド――お嬢様、大丈夫です？」

「自分で言い出したことだからね。頑張ってみるよ」

そう言って走り出した騎士たちの後ろについて、俺たちも走り出す。

最初は軽快に、そして次第にヘロヘロに。

俺はどうやら、セラの体力のなさを甘く見ていたらしい。

瞬く間に体力を失い、ぐらぐら揺れながら走る羽目になった。

「ひゅー、ひゅーっ……」

「リンドーさん、少しお休みになられては？」

「いや、も少し頑張るから」

「見るからに限界なんですけど」

「ごめん、実はもう無理」

意地を張ったのも一瞬だけで、すぐにその場にへたり込んでしまった。

考えてみればセラは深窓のご令嬢。ランニングなんて、したこともないに違いない。

そんな身体《からだ》で、いきなり騎士たちについていこうなんて、土台無理な話だった。

「セシルも先に行っていいよ」

「いや、リンドーさんをこんな場所に放置できるはずないじゃないですか。御自分の立場をお忘れですか？」

「そうだった」

今俺……というかセラは、命を狙われている立場にある。

こんな場所でへたり込んでいたら、狙ってくれと言わんばかりだ。

「屋敷に戻るけど、一人じゃちょっと」

「分かってますよ。肩をお貸ししますから、摑《つか》まってください」

セシルの身長はセラよりも低く、肩の位置が体重をかけるのにちょうどいい高さにあった。

それを良いことに、俺はかなり彼女に寄りかかっていたのだが、セシルは全く意に介さず、ぐいぐい進んでいく。

「セシルって意外と体力あるな」

「そりゃ、侍女ですから。この仕事は体力勝負な面もありますし」

「その歳《とし》でこれだけ動けるのだから、尊敬するよ」

「何言ってるんですか」

屋敷に戻る俺たちとすれ違うように、騎士たちがやってきた。

もう一周回ってきたのかと思うと、驚愕《きょうがく》する。

「早過ぎないか？」

「多分、身体強化の魔術を使ってるんですよ」

「身体強化？」

セシルの説明によると、魔術の一種で身体能力を大きく引き上げるものらしい。

この世界の魔術は主にエネルギーの操作によるものが主流らしく、身体強化は騎士ならばほぼ習得している魔術だとか。

　セシルも仕事柄、この魔術は習得しているらしく、常に軽くこの魔術を発動させて働くこともできるという話だった。

「いや、凄《すご》いな、魔法」

「魔法は違いますよ。あれは物理法則を無視したトンデモ現象のことを指します」

「トンデモ現象？」

「瞬間移動とか空間転移とか、物質生成とか変身とか？」

「物質生成って……セシルたちも水を作る魔術が使えるじゃない？」

　夜中にトイレに行った時に、手を洗うために魔術で水を作ってもらったことがあった。その時は暗くてそれほど不思議に思わなかったが、今考えると水瓶《みずがめ》もないのに水があったのは、きっと魔術で作ったに違いない。

「あれは空気中の水分を掻《か》き集めてるんですよ。無制限に出せるわけじゃないです」

「そうなんだ？」

「街中だと頻繁に使われますから、空気が乾燥してるんですよね。だから水を作る魔術も効果が薄くなります」

「へぇ……」

「なので井戸や水源の存在は、結局必要になるんですよ」

「なるほどなぁ」

魔術と言っても、万能ではないらしい。

とはいえ簡単な魔術なら一般市民でも使えるらしいので、この世界で科学が進化していないのは魔術の影響もあるのだろう。

どうも火薬や燃料の代わりに魔術による熱量操作が一般化しているため、その辺りが特に遅れているっぽい。

「それで銃がないのか。剣が主流になっているわけだ」

「ジュウっていうのがよく分からないですけど、弓や魔術による砲撃もありますよ」

「セシルも使える？」

あわよくば、セシルから魔術を学ぼうと考えて問うてみたのだが、彼女は残念そうに首を振った。

「残念ながら、私は身体強化に特化してるみたいなんです」

「そうなのか」

「でもすごい騎士さまとか、魔術師さまなんかは、大きな岩を吹き飛ばすくらいの魔術が使えるそうですよ」

「なるほどね。そういった人材が大砲の代わりになるのか」

世界が変われば戦争の様相も変わってくる。この世界では魔術師の砲撃、矢、そして騎兵という順番で接敵し戦うらしい。

もしそんな相手に命を狙われたらと思うと、ぞっとする。

「砲撃とかどうやって防げばいいんだか……」

「防御用の魔術もありますけど、効率が良くないっぽいですね」

魔術による火の玉や石礫《いしつぶて》などが飛んでくる場合、魔術でそのエネルギーを霧散させるフィールドを張ることで、防御することができるらしい。

しかしそれを展開する場合は、常時展開する必要があるため、魔力の消耗が激しい。

結局のところ、盾などで防ぐ場面が多くなるようだった。

「まぁ、身体強化だけでも充分強力な魔術だよな。それ教えてくれないか？」

「いいですけど、専門の人に聞いた方がいいんじゃないですかね？」

「なんで？　セシルが教えてくれるなら、そっちの方が楽だろう？」

分からない時はすぐに聞くことができる。その手軽さは非常にありがたいはずだ。

しかしセシルは難しい顔をしたまま、俺に答える。

「どうも私は、感覚的に魔術を使っているらしくて、教えるのに向いていないそうなんですよ」

「そうなのか？」

「身体強化魔術のレベル自体は天才的、だそうなんですけど」

「あー、あるなぁ、そういうこと」

スポーツ選手などでも、優れた選手が優れた指導者になれないことは多い。

そういった人材は感覚的に最適な行動を取れてしまうため、言葉で説明できないことが多いのだそうだ。

きっとセシルも、そういった類《たぐい》の人物なのだろう。

「それにセラ様は魔術があまり得意ではないようでしたし」

「ふーん、意外と苦手なことが多かったんだな」

「それ以上に優れたところも多かった方ですから！」

俺がセラのポンコツぶりを指摘すると、セシルが目を吊《つ》り上げて反論してきた。

まぁ、彼女のセラへの心酔ぶりを見るに、この反応は想定内だ。

「それはそれとして、次は何するんだろうな？」

「まだ続けるつもりですか、準備運動の段階でリタイアしたのに」

「やかましい。やると言ったらやるんだよ」

体力は無理でも、せめて技だけでも習得したいと考えていた。

この世界の技は実践によって磨かれたもののはずだ。スポーツ化しつつある日本の武道とは一線を画すものがあるはずだった。

俺も警察に入ってから剣道や逮捕術を学んでいただけに、そういった面では期待していた。

俺が休息を取り、どうにか体力が回復してきたところで、騎士たちがランニングから帰ってきた。

二十キロを超える距離を走ってきたというのに、軽く汗をかいている程度というのだから恐ろしい。

この世界の身体強化は、かなりの恩恵を与えてくれるようだった。

それほどの強者たちの訓練ともなれば、さぞ激しいものになるだろう。俺はそんな期待に胸を膨らませながら、彼らの訓練を見学することとなった。

結果として、俺の期待は見事に裏切られることとなった。

これは騎士たちの名誉のために言っておくが、決して彼らの訓練が生温《なまぬる》いものだったというわけではない。

むしろ日本基準で考えれば、いつ死傷者が出てもおかしくないほど、激しいものだった。

まずは無手での組手。彼らは膝を蹴り、肘を打ち、喉を抉《えぐ》るような、日本の武道では禁じ手となるような攻撃を平気で放つ。

しかし騎士たちは、それを受けても平然とした顔で立ち上がり、あまつさえ笑顔で『今のは良い攻撃だった』などとのたまう始末だ。

これも全て、身体強化の恩恵である。

攻撃に身体強化を使わず、防御だけに身体強化の魔術を使っているため、どれだけ激しい攻撃を受けても、受け切れてしまう。

激しい拳打の連撃を受けても平然と立ち、無防備に近付く姿は、映画で見た未来から来た殺戮《さつりく》用アンドロイドを彷彿《ほうふつ》とさせる。

「なんか……ちがう」

「どうかしましたか、リンドーさん？」

ベチベチと激しい拳打を浴びせかけられても、笑顔で立ち上がる騎士たちを見て、俺は思わず素直な感想を漏らした。

騎士の訓練というと、もっとこう、ストイックなものを連想していただけに、実に拍子抜けである。

かといって、これに一般市民が参戦した場合、一瞬でミンチになるから注意が必要だ。

この世界に様々な恩恵を与えてくれる魔術も、使う者によってレベルの差が出る。

例えば、一般人が放つ火の魔術はせいぜい焚《た》き付けに火を着ける程度のものだが、騎士たちが同じものを全力で放つと、火炎放射器に匹敵する火力になる。

もちろん騎士たちにも個人差は存在するが、その威力は一般人と比較にならないのは確かだ。

「いや、凄いことは凄いんだけど、もっとこう、技の掛け合いとかそういうのを想像してたから」

「ハハハ、それは民衆が想像する戦いの姿ですな」

俺の言葉を聞き付けたのか、隊長が答えを返してきた。

そばでセシルが慌てて、両手で口元を押さえているのは、うっかり俺の名前を呼んでしまったからだろう。

どうやら隊長はその名前は聞いていなかったらしく、俺の疑問に淡々と答えていた。

「戦場の中では、技を仕掛ける暇はほとんどありません。魔術を放ち矢を放ち、そして接近戦に持ち込むわけですから、状況はほとんど突撃のぶつかり合いに近いです」

「なるほど、足を止めての駆け引きをする余裕がない状況というわけですね」

「はい。それに一人を倒したとしても、すぐに次の敵が現れます。戦場でものをいうのは、やはり一撃で敵を打ち倒す攻撃の重さと、それを受け止める防御力になります」

「真理……ではありますね」

技というのは結局のところ、力の効率化である。野生動物が技を持たぬように、圧倒的強者は技を鍛えない。

それよりも肉体的能力を高める方が、安定して強くなるからだ。

「さすがにお嬢様にあの中に交ざれとは言えますまい。まずはこちらで訓練を積んでみるのはいかがでしょう？」

そう言って隊長が差し出してきたのは、柄《つか》に拳を守るためのガードが付いた短剣だった。

ボールを四分の一に切ったような鉄板が柄に取り付けられていて、拳を守る構造になっている。

「これは？」

「マインゴーシュという短剣ですね。主に左手に持って盾の代わりに使う短剣なのですが、お嬢様なら右手に持つのがいいでしょう」

セラは身体強化の魔術は使えない。もちろん俺も使えない。だからあの訓練に交ざることは不可能だった。

それを察して隊長は短剣での訓練を申し出てくれたのだろう。

護身術と聞いて護身用の短剣を持ってきてくれる辺り、実に気が利いている。

「い、意外と重いですね」

マインゴーシュを受け取った俺は、その意外な重さに目を白黒させた。

短剣と言っても訓練用の物で、刃は柔らかい鉛でできており、さらにクッションを巻き付けて安全性を確保している。

「ええ。クッションを巻き付けている分だけ刃は短く造ってあります。重さも鉛で調整し、実際の短剣と同じ長さ、バランスになるようにしていますから」

「なるほど」

「それにマインゴーシュは護拳が付いている以上、普通の短剣より重くなります。身体強化が使えないお嬢様なら、利き腕でないと扱いきれないでしょう」

「それで右手に持てと……」

右手で持ってみると、確かに振るにはちょうどいい重さになった。

それはつまり、セラの筋力が他者の左手並に弱いという証《あかし》。その事実に俺は、思わず眩暈《めまい》がしそうになる。

前世では筋力を鍛えるために、竹刀を片手で振って鍛錬していたというのに。

「基本的な構えはこうです。やや半身に構え、マインゴーシュを前に。これは盾を構える時と同じですね」

隊長は基本的な扱い方を教えてくれた。左右の違いはあっても、使い方はほとんど変わらない。

基本的に身を守るための扱いなので、攻撃に関しては一切考えてない。

「やはり致命傷となるのは心臓と首です。そこを主に護《まも》るよう、肩の高さに……ああ、それでは視界が塞がってしまいます」

俺の構えを微調整してくれる隊長。そんな俺の横で、セシルも同じように構えて自己鍛錬していた。

その様子がまるで、親猫の真似《まね》をする子猫のようで微笑《ほほえ》ましい。

鼻息荒く『むん！』とか気合を入れているところとか、狙っているのではないかという愛らしさである。

その後、隊長から構え方や基本的な動き方を教授され、続いてセシルと模擬戦を行うことになった。

結果はいうまでもなく、俺の惨敗である。

セシルは身体強化の魔術が使えるし、なによりセラの運動能力が低過ぎた。

しかも病み上がりで、体力もない。勝てる要素が全く存在していなかった。

「お嬢様、大丈夫です？」

「いたたた、すでに筋肉痛が……」

「お若いですなぁ。私なんて筋肉痛は三日遅れで来ますよ」

「そういう問題？」

俺たちの恰好《かっこう》にも慣れてきたのか、隊長は気安い態度で話しかけるようになっていた。

そもそも自分の職分に素人が顔を出すというのは、あまりいい気持のするものではない。

しかし熱意を持ってそれを学ぼうとする態度には、好感が持てるというものである。

「ここまで熱心に鍛錬なさるとは、どうやらお嬢様は本気で武術を学ぶおつもりらしい」

「ええ、まぁ」

「やはり……お命を狙われていらっしゃるというのは本当のことで？」

一転して、隊長は鋭い視線を俺に向けてくる。

毒殺されそうになったことは公にはされていないが、この屋敷の中にいる限り、いずれは誰の耳にも届く噂《うわさ》だ。

そしてそれは、彼の職分を侵す事態でもあった。

「申し訳ない。あなたたちの護りを疑っているわけではありません。ですが四六時中、騎士と同席するわけにもいきませんので」

「女性の騎士も、一応在籍しておりますが」

「トイレまで一緒に？」

「それはさすがに……いや、なるほど。理解しました」

たとえ同性であっても、護り切れない場所は存在する。その事実を知らされ、隊長は顎に手をやって思案する。

「ならば狭い場所での戦い方も指南した方がよろしいですな」

「え、今から？」

「できれば……ですが、今日は無理そうですね」

「アハハ、面目ない」

すでにセラの手足はプルプルと震え、まるで生まれたての小鹿のような有様である。

俺は体力の限界に達し、愛想笑いを浮かべてその場にへたり込んだ。

隊長はなぜかその場で一瞬硬直し、それからそそくさと騎士たちの指導へと戻っていった。

その後、俺たちは屋敷に戻り、身体《からだ》を休めるために風呂へと向かった。

公爵家の屋敷であるウィマー公爵邸は、かなりの人数が入れる大浴場が設置されている。

独自の水源を敷地内に持つ、大貴族ならではの贅沢《ぜいたく》らしい。

いつもはウィマー家の家人が先に入り、その後使用人たちが交代で入ることで汗を流している。

この大浴場を利用できることが、この屋敷に勤める使用人の密《ひそ》かな自慢らしい。

「それにしても、よく頑張りましたね、リンドーさん」

俺の世話をするために、セシルも一緒に入浴している。

うら若い少女がはしたないと思わなくもないが、今の俺は同性だし、セシルも俺が元男性という意識は少ないようだ。

元の俺を見たことがないのだから、無理もないのかもしれない。

「そんなにセラの身体は体力がないのか？」

「ええ。それ以外は完璧なお嬢様なのですけど……」

少しバツが悪そうな顔で、セシルは俺の手足を揉《も》み解《ほぐ》す。

温かい湯の中で手足を揉まれ、強張《こわば》った筋肉が解れていくのを感じる。

と同時に、激しい眠気も覚えていた。

「記憶によると、平時からかなり気を張っていたみたいだな？」

「はい。第三王子との婚約が決まってからは、特に」

「王族との婚約か……俺には想像もできないけど、こういった世界では重責なんだろうな」

「もちろんですよ」

日本でいうと、皇族の方と婚約するようなものだろうか？　そう考えると理解はできるが想像はできない。

そもそも性別から立場から、俺とセラでは違い過ぎる。

この若さでその重責を担い、挙句毒を盛られるとはあまりにも不憫《ふびん》に思える。

「そういえばセシル。あの時の食事で水に酒が入っていたように思えるんだが？」

どうしても解決してやりたい。そう思って事件を回想していたら、妙なことに気が付いた。

セラが口にした水に酒精の香りが混ざっていたことだ。

彼女はまだ成人しておらず、酒を口にする機会はない。そんな彼女の食事に酒精の香りのする水というのはおかしい。

しかしセシルは俺の疑問に、不思議そうな目で返す。

「なぜです？　貴族様のお屋敷では普通ですよ」

「なぜ貴族の屋敷では普通なんだ？」

「あー、リンドーさんの故郷ではお水はそのまま飲めるんですか？」

「そりゃあ……そうか、飲める国の方が少ないか」

現代においても、水道水を直接飲める国というのは、実は少ない。

日本の徹底した品質管理があるからこそ、水道水を直接飲める水質を維持できている。

しかしそれは、意外と知られていない事実でもある。

この世界では水の衛生管理はそれほど厳密ではないのだろう。

ならば、直接飲めないことも考慮すべきだった。

「少なくともこの街では水は貴重です。魔術で多少生み出せると言っても、一日に飲む量には程遠いです」

「そうだろうな」

街中で作れる水はせいぜいコップ一杯分だと聞いていた。

一般的成人が一日に必要な水分は二リットルほどと聞いたことがある。

その差は井戸などの水源から摂《と》らねばならないだろう。

「飲み水などをいちいち井戸まで汲《く》みに行くのは手間です。だから一般家庭では水瓶《みずがめ》にまとめて貯《た》めておくのが普通です」

「まぁ、そうなるわな」

日本でも飲用水を水瓶に貯める風習はあった。

というか、そうでないのは、上水道の整備された江戸くらいのものではなかろうか？

「水は澱《よど》むと腐ります。水瓶に汲んで放置したままだと傷んでしまいます。それを口にしたら凄《すご》く危ないです」

「それは分かる」

「だから消毒も兼ねて、ワインなどのお酒を水瓶に混ぜるんですよ。そうすると腐敗を防ぐことができますから」

「水のアルコール消毒ってわけか」

「もちろん、貴族さまのお水の場合、もっと高級なお酒が使われますけどね」

「それであの時の水にはアルコールが混じっていたのか」

「そういうことです」

あの時の疑問は氷解したが、事件の解決にはあまり意味がないこの世界の常識だった。

事件解決は足踏みしたままという事実を突き付けられ、俺は湯船の中で手足を伸ばす。

「あー、全然進展しねぇ」

「セラ様の身体ではしたない真似しないでください」

湯船で手足を伸ばしてそのままプカリと浮き上がる。それを見て、セシルは眉を顰《ひそ》めていた。

しかしこの湯にたゆたう感覚というのは、非常にリラックスできて気持ちがいい。

「そう固いこと言わないで、セシルもやってみ」

少女と入浴という前世なら有罪一直線なシチュエーションではあるが、今の俺は女性の身であり、しかもセシルは成長が遅いため、劣情を抱くに至らない。

むしろ娘を風呂に入れている気分になるため、心情的にも癒やされるという状況だ。

多少の不作法も許される気がしていた。

そんな俺の堂々とした姿に、セシルもそんなものかと思ったのか、湯に浮かんで俺の真似をする。

「ふあぁぁぁあああふぅぅぅぅ」

クラゲのように浮かぶセシルから、まるで吐息のような声が漏れていた。

「さすがに他の使用人と一緒だとできないけど、俺と一緒の時くらいは羽目を外してもいいよな」

「ま、まぁ、リンドーさんがどうしてもと言うなら、ご一緒してあげないこともないですよ」

「言ってくれるなぁ」

さらっと俺のせいにする辺り、彼女もなかなか口が上手《うま》い。

風呂から上がった俺は自室に移動し、セシルに運動服の改良を命じておいた。

主に脇の無防備さは懸念事項である。前世での俺なら上半身裸でも問題ないが、さすがにセラの身体であの露出は問題があった。

特にセラは成長が良いため、胸の先端などが擦《こす》れて、麻の貫頭衣では非常に痛い。

「というわけで、まずは脇の部分を腕が出せる分だけ残して縫い留めよう」

「そうですね。急務です」

キリッとした顔で同意しているセシルだが、その顔がほのかに赤い。

彼女に至っては、昼間に胸をフルオープンしてしまったのだから、露出の防御力強化は喫緊の課題だろう。

「それと麻は風通しが良くて良いんだけど、生地の感触が少し粗い」

「確かにそんな感触でしたね。でも絹だと耐久性に疑問がありますし、羊毛では暑いですから……」

「うん。だから運動着はそのままで、下に着込む下着を作って欲しい」

「下着ですか、コルセットみたいな？」

「あんなにギチギチに締めたら動けなくなるだろ。寝間着の丈が短いような感じで」

「ふむふむ？」

元々ある寝間着を使う分には、それほど手間はかからないだろう。

それと今日の訓練で分かったことがある。それは……

「セラの身体、ポンコツ過ぎない？」

「失敬な！　お嬢様が運動までできたら、完璧過ぎて私が失神してしまうじゃないですか！」

「いや、それはちょっと色眼鏡《めがね》を外そう？」

セシルの忠誠は、もはや妄信のレベルにまで達しているようだ。

ともあれ、今のセラの運動能力では護身どころの話ではない。

「まぁそれはそれとして、すぐにでも武器の調達が必要だと感じたわけだ」

「それに関しては私も同意します。セラ様の美しい肌が傷付いてはいけませんし」

「一応、護拳付きの短剣だから、可能性は少ないと思うけど」

訓練後、騎士隊長がマインゴーシュを一つ、俺に譲ってくれていた。

セラの記憶によると、貴族たちが身に着けているような華美な物ではなく、実用本位の装飾の少ない武骨な品だった。

護拳部分にも細かな傷が残っていたため、隊長本人が使っていた物かもしれない。

　そう考えると、セラは彼らからも愛されていると把握できた。

　屋敷の外では友人はいないが、屋敷内において彼女は非常に愛されている。そんな彼女を毒殺しようとする内部の者となると、非常に数が少ない。

　少な過ぎて目星が立たなくなるほどだ。困ったものである。

「なんにせよ、いろんな道具は欲しいから一度街に出る必要はある。錬金術師の目星はついたか？」

「ええ。ちょうど腕のいい錬金術師が領都ゼーンに居を構えているという話を聞きました」

　領都ゼーンとは、このウィマー公爵領の首都とも言える街だ。

　そして屋敷から最も近い街でもある。王都にも引けを取らない巨大な都市で、様々な人や物が行き交っている……らしい。

　セラの記憶によると、だが。

「じゃあ、街に出るための服も用意して欲しい。町娘に見えるような、地味なやつで」

　セラの持つ服はドレス以外にも存在するが、彼女を溺愛する家族が用意した物が大半のため、総じて品質が良い。いや、良過ぎる。

　髪型を変えているので、セラであることは一目で分からないとは思うが、それでもそんな服を着ていた日には悪目立ちしてしまう。

誰に狙われているかも分からない状況で、街のごろつきにまで目を付けられるのは避けたかった。

「地味な物ですか？」

「そう。セシルが着てる服みたいな」

「これはお屋敷で支給される給仕服なんですけど」

「そんなのでいいんだ……ん？」

言われてセシルの給仕服をよく見てみると、こちらも非常に仕立ての良い物だった。

生地こそ丈夫さに主軸を置いていたが、縫製の強度などは一目見て物が違う。騎士たちの訓練服より遥《はる》かにしっかりとしている。

「えーっと、町娘に見えるような服を、俺とセシルの二人分な」

「私もですか!?」

「買い物行く時もその服で行ってるのか？」

「ええ、そうですけど」

「よく今までごろつきに目を付けられなかったな……」

これだけいい服を着ているとなると、金目当てのごろつきが絡んできてもおかしくないはずだ。

しかしセシルはそんな俺の危惧を軽く笑い飛ばす。

「まさか。このウィマー公爵領で、お屋敷の人間に手を出すような無頼漢はいませんよ」

「そうなのか？」

「はい。もしそんな事件が起きたら、騎士団が全力で殲滅《せんめつ》しに向かいますから」

「ヘルマン、こえぇ……」

どうやら彼の愛情は、セラだけでなく、屋敷全体の使用人にも向かっているらしい。

愛情深くて大変結構だが、だからこそ今回の一件で『やり過ぎ』ていないか心配になった。

まぁ、セラの命に関わることだから、ここは多少の無茶も流しておくとしよう。

「旦那様が怖いというより、しっかりと街を掌握されているというべきですね。薬物に関しても、毒なんかはお役所で管理されているはずですし」

「なのにセラは毒殺されかかったのか？」

「まぁ基本的に売買される物しか、管理はできませんから。街の者が街の外で獣の毒を取ってきたとか、毒を持つ植物を採ってきたという場合もありますから」

「それもそうか」

毒というのは、非常に身近に存在する。

日本でも精製された毒物は厳しく管理されているが、ちょっとしたことで手に入る毒というのはあちこちに存在した。

身近な例を挙げるなら、タバコのニコチンなどがそうだろうか。

その他にも観葉植物などでも毒を持つ物は多い。ヒガンバナやスズランは有名だし、法事などで供えられるシキミの果実などもそうだ。

こういった身近な毒物まで管理することは、不可能に近い。

それに毒を持っていると認識されていない動物などもいる。ヤマカガシなどは毒を持たないと長く思われていたが、実際は奥歯から毒を分泌することができると五十年ほど前に報告されていた。

そういった身近な毒や、知られていない毒まで管理することは不可能だろう。

「待てよ？　錬金術師なら毒物に関しても詳しいんじゃないか？」

「そりゃあ、薬も扱う方々ですから、知識はあると思いますよ」

「なるほどね。そうなるとやはり、直接会う必要があるな」

「リンドーさん、自分が狙われている自覚があるんです？」

「もちろんある。あるからこそ、早く事件を解決したいんだよ」

「その身体《からだ》がお嬢様のものだと自覚してくださいね」

呆《あき》れたようなセシルの視線を受け、その日は眠りについたのだった。

結果として、俺が領都ゼーンに足を運ぶことになったのは、さらに三日してからのことだった。

理由としては、セシルが服の調達に手間取ったこと。これは、彼女が粗末な服を集めてきたのを他の使用人に見咎《みとが》められ、『そこまで自分を追い詰めなくていいのよ。あなたは充分に頑張っているのだから！』と慰められて騒動になったことが一つ。

もう一つは、セラの身体の筋肉痛が予想以上に長引いたことである。

いくら公爵令嬢とはいえ、もう少し鍛えておけと声を大にして言いたい。

「ともあれ、どうにか街に出てこれたわけだが……なぜいる？」

平均的な町娘の衣装に身を包んだ俺とセシルは、肌や髪を埃《ほこり》で汚し、その艶を消していた。

さらにセシルは金髪を黒く染めているため、一見して元のセシルの印象は消え失《う》せている。

だが逆にそれが妙な印象を抱かせる結果となってしまっていた。

セシルもセラも、一目で分かるほどに美しい少女たちだ。それは肌や髪を少し汚した程度では隠し切れない。

そんな少女が二人、粗末な服に身を包んで街の通りを歩いているのだから、変に注目を集めてしまう。

そしてなにより、俺たちの後ろをついて歩く、厳《いか》つい男の姿が問題だった。

「セラお嬢様をお一人で街に出すわけにはいきませんので」

「セシルもいるでしょうに」

俺たちの後ろにいるのは、これまた平均的な市民の服に身を包んだ騎士隊長の姿だ。

こちらも急ごしらえの衣服に身を包んでいるため、サイズが合わずに全身パツパツである。

それだけに引き締まった筋肉が服を押し上げて強調され、目立つことこの上ない。

「まぁ、護衛についていてくれるのはありがたいけど、三つ注意しておく」

「なんでしょう？」

「お忍びだから目立たないこと」

「お嬢様、それはもう無理では？」

「セシル、うるさい。それから、これからすることに口を出さないこと。同時に口外しないこと」

「これはヘルマン——お父様の命令より優先してもらう」

「え？　ええ、分かりました」

「ええっ!?　それはちょっと困りますよ！」

騎士である彼は、いわばヘルマンに雇われた存在でもある。

そんな彼が、ヘルマンよりも優先される命令を受けるということは、主《あるじ》への忠誠を裏切ることに繋《つな》がりかねない。

しかしこればかりは譲ることができない。何せこれから、銃を作ってもらいに行くのだから、その情報を外部に出すわけにはいかなかった。

銃という兵器は、それまでの戦いの様相を一変させてしまったほどの発明である。

銃のないこの世界にそれを生み出したとして、急速にそれが広がってしまった場合、俺は正直言って責任が取れない。

だから俺個人の自衛のためだけに使うようにしておきたいのだ。そのためには、情報封鎖は必須である。

「それができないならついてくるな……とは言わないけど、外で待ってもらうことになる」

「外で待つということは、誰かにお会いになられるのですね？」

「まぁ、錬金術師に。それと口出し厳禁だから」

「……分かりました。私はヘルマン様に仕える身ですので、主から話せと言われたことは話さねばなりません。ですので建物か部屋の外で待ち、お嬢様のなさろうとしていることを知らないようにします」

「賢明で助かるよ」

彼の目的はあくまで護衛。俺の行動内容を知ることではない。そう割り切った上での判断に、この騎士隊長の評価を上げた。

好奇心を抑え、職務に忠実であろうとする彼の姿は、俺としても好感が持てる。

「ところでセラお嬢様、少し気になったのですが」

「なに？」

「その、お言葉遣いが少々雑になってませんか？」

「…………こ、ここは庶民の街ですから！　下町には下町に即した言葉遣いがございましょう」

「いや、下町って、めっちゃ領都ですから。それとなんだか無理矢理《むりやり》な言葉は似合いませんよ？」

「セシル、うるさい」

冷静なツッコミを入れてくるセシルを抱きかかえて言葉を封じる。

セラの豊満な胸に頭を抱えられたセシルは、そのまましばらくじたばたしていたが、やがて諦めたのか大人しくなった。

こうして俺たちは、騒々しくも錬金術師のもとへ足を運んだのだった。

第三章　アヤシイ錬金術師

セシルに案内されるがままに領都ゼーンの街中を進む。

そこにある光景は、明らかに日本と違い、まるで中世ヨーロッパを舞台にした映画の中に入り込んだかのような錯覚を起こす。

いいや、実際中世くらいの文明らしいので、その表現は正しいのかどうか分からない。

ともあれ、この街中の雑踏はセラの記憶にもなく、本当の意味で新鮮に感じられた。

「賑《にぎ》わってるな」

「はい。旦那様の善政は周辺にも響いておりますから、商人たちも足繁《あししげ》く訪れてくれてます」

「へぇ……」

セラの知る世界は屋敷と学院、そして貴族としての交友関係の範囲に限られる。

この光景は、彼女としても見たことのないものだった。

　こうして見ると、行き交う人々の表情は明るく、陰りは見られない。

「意外と名君だったのですね」

「意外とは失礼ですよ、お嬢様。ヘルマン様は少々甘いくらい民のことを考えておられます」

　俺の言葉に答えたのは、後ろを歩いていた騎士隊長だった。

　どこか誇らし気に胸を張る様を見ると、部下の心もしっかりと摑《つか》んでいるようだった。

「リン……お嬢様、こちらです」

　セシルが次に指差したのは、薄暗い裏路地だった。

　あからさまに治安の悪そうな裏道。人の姿は見えないが、こんな道で誰かに出会ったら悲鳴を上げて逃げ出してしまうだろう。

「ここ、錬金術師を探している時にセシルも通った？」

「はい。表通りの八百屋さんに教えていただきまして、下見に一度だけ」

「…………………」

　俺はその言葉を聞いて、セシルの頭にコツンと拳骨《げんこつ》を落とした。

「痛っ、なにするのですか、お嬢様」

「危ないことはしちゃダメだって言ったでしょ」

「危なくないですよ。ちょっと薄暗いですけど、ゼーンは治安のいい街ですから」

「いくら治安が良くても、悪い人はどこにでも出るの。こんな人目につかない場所を一人で歩くのはダメ」

「で、でも、本当に危なくないんですよ？　夜は女の人が一人で立ってたりしても安全だそうですし」

「いや待って」

こんな薄暗い場所で女の人が一人で？　それってただの通行人ではなく、娼婦《しょうふ》なのではなかろうか？

そういう輩《やから》は後ろ盾を持っているから、身の安全が保障されていることが多い。

セシルのような子供一人だと、あっという間に食い物にされてしまいかねない……いや、ヘルマンが血眼《ちまなこ》になって復讐《ふくしゅう》に来るから、そういった意味ではこの上なく安全なのか？

だとすると、彼女がウィマー家の侍女服を常に着用しているのは、身の安全を守る上ではこの上なく有用なのかもしれない。

「でも、教育に悪いから、なるべく近付かないように」

「はぁい」

そういった女性が何のためにここに立っているのかを、全く疑っていない彼女に釘《くぎ》を刺しておき、目的の家に辿《たど》り着く。

　そこは三軒の家が繋がったような、この辺りとしては大きな家で、しかも裏庭まである ようだった。

　外壁はボロボロで、窓も埃だらけではあるが、明らかに他の民家とは趣が違う。

「ここ？」

「はい。ライカさんという錬金術師さんが、半年ほど前にこのおうちを買ったんだそうで す」

「民家を三軒繋いでいるのか。意外と資金力はある人物のようだな」

「いろんな人にお薬を売って生計を立てている方だそうですよ。八百屋さんもお世話にな ったらしいです」

「どんな薬なんだか……」

　その八百屋とやら、セシルに変なことを吹き込まないか注意しておかないと。

　そんなことを考えている間にも、セシルは遠慮なく目の前のドアを開けていた。

「すみませーん、こちらにライカさんはいらっしゃいますかぁ？」

「うーぃ」

　潑溂《はつらつ》としたセシルの声と対照的な、妙に気怠《けだる》げな声が返ってきた。

愛らしい響きを持つ少女の声だけに、非常にもったいなく感じる。

セシルに続いて俺も店の中に入ると、薄暗い店内が広がっていた。

壁際の棚には正体不明の何かが詰まった薬瓶が並べられていた。

「誰だい、こんな朝っぱらから」

カウンターの奥から出てきたのは、丈の長いシャツをワンピースのように纏《まと》っただけの小さな少女だった。

一見するとセシルよりも年下に見える。

ぼさぼさに荒れた髪がその美貌を台無しにしていた。

しかも服は左肩がずり落ちていて、胸元が覗《のぞ》きかけている。

「お嬢ちゃん、ライカさんはいますか？」

「ワシがライカじゃよ」

「え？　ええっ⁉」

少女はそのままカウンターの向こうにある椅子に座り、座板の上で胡坐《あぐら》を組む。

椅子に乗る時によじ登るさまを見ると、本当に童女のようだ。

「あ、あの、錬金術師の？」

「そうじゃよ。こう見えても百年以上は生きとるよ。最近は薬ばっかり作ってるけどねえ」

　セシルがライカの対応をしていると、隊長が俺の耳元に口を寄せてくる。

「セラお嬢様、奥にもう一人」

「なに？」

　俺がカウンターの奥に視線を向けると、壁の端から男の足が覗いていた。

　しかもその足は、ときおりビクビクと痙攣《けいれん》している。

「ま、まずい、医者を――」

「ああ、大丈夫だ。ワシがちょっと食い散らかしただけじゃ」

「でも痙攣して……？」

「命に別状はないわい。後遺症も残らんよ。その代わり記憶にも残らんけどな、くひひ」

　どこか猫を思わせる無遠慮な笑いを浮かべるライカ。

　しかし確かに、気怠げに椅子に座る姿には、見かけと不相応な色気を感じさせる。

　まるで一仕事終えた娼婦のような仕草にも見える。

　この相手も、セシルに悪い影響を与えそうな人物だった。

「それならいいんだけど……そうだ、作ってもらいたい物があってきたんだ」

「ほう、魔道具かね？」

「そうだけど――」

そこで俺は、背後に控える隊長に目配せをする。

俺の言いたいことを察したのか、隊長は一つ頷《うなず》いてからドアを開けて外へ出る。

そして玄関脇の窓の向こうで、背中を向けて立っているのが窓から見えた。

「いいのかや？」

「ああ。あまり聞かれたくない物を作ってもらいたいのでね」

「ほほぅ？」

我ながら胡散臭《うさんくさ》い俺の言葉に、ライカはニヤリと口元を歪《ゆが》める。

先ほど、薬ばかり作っていたと言っていただけに、魔道具とやらを作りたくてうずうずしていたのかもしれない。

「まずは拘束道具を作って欲しい」

「拘束？　普通の手枷《てかせ》足枷ではいかんのかね？」

「そういう大掛かりなモノではなく、手軽に携帯できて、すぐに動きを封じることができる道具だ」

そう言って俺は、持ってきた紙束の中から一枚取り出し、ライカの前のカウンターに載せる。

ライカはそれを手で拡《ひろ》げ、そこに描かれた道具について考察し始めた。

「ほう？　ほほぅ……？　なるほどなぁ。ここのノッチ部分で固定するのか？　しかしここまで薄くすると強度が……」

紙に描いてきたのは、日本で使っていた手錠の大雑把《おおざっぱ》な構造図だ。

もっとも今の手錠は電子チップなどを組み込んだりして、簡単に鍵を外されないようになっている。

この世界ではそこまでの技術を求めるのは難しいので、シンプルな構造の絵だけを描いてきていた。

「大きさはどれくらいを想定しておる？　厚さは？」

「これくらいかな？」

ライカの質問に俺は手寸法で答えながら、細かな部分を詰めていく。

一通り技術的な話を詰めてから、俺は改めて話を聞いてみた。

「その様子だと、依頼を受けてもらえるのかな？」

「こんな面白そうな道具、他所《よそ》に譲るなんてとんでもない。ワシが作るぞ」

「良かった、報酬についてだが……」

ここでセシルに交渉を任せることにする。

セラは自分で買い物をしたことがないほどの箱入り娘だ。

もちろん物価についての知識は少なく、錬金術師を専属で雇う相場も分からない。

俺にしても、この世界の貨幣の単位くらいはセラの知識から引き出せるが、物価の相場までは分からない。

「まぁそうじゃな。十万ラピスが相場かの?」

「高いですよ。設計図までこちらの持ち込みなんですし、五万ラピスで充分でしょう?」

「無茶を言うな。ここまで精密な金属加工ができる錬金術師がどこにおる。ワシくらいじゃぞ」

ソロバンのような計算具を持ち出し、セシルを相手にパチパチと弾《はじ》き出す。

セシルも身を乗り出してそれに対抗し、ライカの弾き出した金額を修正していった。

その様子はまるで、子供がソロバンで遊んでいるようにも見えて、非常に微笑《ほほえ》ましい。

結局ややライカが勝利して八万ラピスという価格で落ち着いていた。

もっとも俺にはそれがどれくらい高額なのか、理解できないが。

「次にこっちなんだが――」

セシルと位置を入れ替わり、別の紙をカウンターに載せてライカに見せる。

ライカは好奇心を抑えられない様子でその紙を覗き込み、そして眉を顰《ひそ》めた。

「お主、これは……武器じゃな？」

「護身用に用意して欲しい。ただし口外無用で」

「なに？」

銃というのは、戦いの様相を変えてしまうほどの発明だ。それを剣や矢が主流のこの世界に持ち込むと、被害が大幅に増えてしまうこともあり得る。

ここまでの街中を見る限り、帯剣している者も多かった。

もしも剣が銃に置き換わった場合、凶悪犯罪の発生率は間違いなく増える。

その辺りの事情をライカに説明し、口外無用の条件を取り付けようとした。

「一概にはそうは言えないのではないか？　剣もこれも、結局は殺傷用の武器じゃ」

「手軽さが違う。それに剣と違って銃は手加減ができない。子供でも安定した殺傷力を発揮できるのは問題だ」

「それは確かにの」

それだけではない。銃は射程の操作もできない。

海外では庭で試射した弾丸が外に飛び出し、通行人に命中したという事例も報告されている。

ひたすらに殺傷目的に特化した道具。それが銃だ。

「これは運動能力が低く、魔術の適性もない俺の護身用として、たった一つだけ作って欲しい」

「たった一つか？　それはそれでもったいない……」

「頼む。本当に危険な物だから」

「これについては条件を一つ出してもいいかの」

「なんだ？」

ピッと指を立ててライカはこちらを見つめてくる。相変わらずその目は気怠《けだる》そうで、半眼になっている。

しかしその目には真剣な光が宿っていた。

「ワシにも護身用に一つ作る許可を。こんな見た目だから、侮られることも多いのじゃ」

「あー、それは確かに」

ライカの外見はどう見ても十に満たない。

しかも栗色《くりいろ》の髪がボサボサで気付きにくいが、セラやセシルに匹敵するくらい愛らしい外見をしている。

そんな少女が薬や道具を扱う錬金術師となると、侮ったり身柄を確保しようとする輩《やから》も出てくるだろう。

下手《へた》をすればその手の趣味の奴《やつ》の毒牙にかかる可能性だって否定できない。もっとも貞操に関しては、かなり緩そうではある。奥で転がる男を見る限りは。

「分かった。では、俺と君の分の二つだけ」

「了解じゃ、それではこちらは二十万ラピスで。おっと、こっちは交渉は受け付けんぞ」

セシルが身を乗り出そうとした機先を制するように、ライカが拒否の言葉を口にする。

「いいか？　これはそこらの発明とは桁が違う。ワシの身も危うくなる可能性も秘めておる。相応の技術料に口止め料、素材の価格なども考慮した末の価格設定じゃからな」

「むぅ、分かりました」

渋々ながらも納得するセシル。逞《たくま》しく値切ろうとするしっかり者ではあるが、セラの身を守るためとなれば無茶な要求はできないのだろう。

その後もカメラやレコーダーの開発を依頼してみるが、ライカはそのたびに楽しそうな反応を返す。

「見た光景を紙に？　光の焼き付きを利用するのか。なるほど、専用の紙を作ればできなくもないが……」

とか——

「音を記録する？　そんな刹那的な現象を保存することができるはずが……なに？　音は

空気の振動？　振動を物質に刻むことで録音は可能だと？」

とか、とにかく派手な反応を示してくれた。

おかげでなんだか、自分が天才のような気がしてくるから、気分がいい。

もちろん俺の開発した物ではないので、自慢になるわけではない。

そして一通り依頼を終えた後、ライカは満足げに俺を見る。

「うむ、満足。お主、さすがに妙な魂をしとるだけはあるな。セラ様はどうした？」

「ああ……あぇ!?」

唐突に俺のことを見抜かれて、思わず変な声が漏れる。

ライカとはまだ会って一時間少々しか経《た》っていない。だというのに、俺のことを見抜くとは驚いた。

「気付いていたのか？」

「気付かいでか。頑張って男に見せかけようとしているようじゃが、その肌の血色の良さはごまかせん。この近辺でそんな肌を維持できる貴族となると数えるほどしかおらん」

「がんばったのに……」

俺の肌や髪を泣く泣く汚して変装を施したセシルが、がっくりと項垂《うなだ》れる。

俺としては泥を肌に擦《こす》り付けるセシルを見る方が、胸が痛んだのだが。

「しかもセラ様の中に違和感のある存在が宿っておるな」

「……よく分かったな」

「ワシは錬金術師じゃぞ。目の前の事象を観察し、識別し、変化を与えて安定させる。こうして目の前におる以上、隠し事はできぬと思え」

「そういうものか？」

ともあれ、見抜かれてしまったからには名乗るのが礼儀だろう。

「まぁいいか。失礼した。俺の名前は竜胆善次郎《りんどうぜんじろう》。なぜかセラ・ウィマーの中に宿ってしまった異界人だ」

「変わった事例じゃな、興味深い。解剖してよいか？」

「いいわけあるか⁉」

初対面でいきなり解剖させろと言ってきた奴は初めて見た。

それにこの身体《からだ》はセラの物だ。他者が勝手に手を出していいものじゃない。髪を切った俺が言うのもアレだが。

「しかし他者の魂が別人の中にのぅ？　誰かの仕業というわけでもあるまい」

「なぜそう言い切れる？　というか、セラに身体を戻すことはできるのか？」

「精神に干渉することは魔法の領域じゃよ。魔術ではどうにもできん。錬金術も、いわば魔術の一派閥に過ぎんからな」

「そうか」

ライカの言葉を聞き、セシルは露骨に落胆していた。

そしてその結果、俺の魂が消えるという事実に気付いたのか、慌てて俺に手を振って否定した。

「あ、いえ！　別にリンドーさんに消えてもらいたいとか、そういう意味じゃ⁉」

「分かってる、分かってる」

慌てふためくセシルの頭に手をやって彼女を落ち着かせる。

そして改めてライカに確認を取る。

「ライカでも俺の魂を元に戻すことは無理なんだな？」

「無理じゃよ」

「ならしかたない。とにかく今は自衛の手段が欲しいから、銃を優先して作ってくれないか？」

「うむ、承知した。しかし穏やかな話ではないの？」

「まぁ、いろいろあってな」

毒殺騒動の話は、まだ市井《しせい》にまで広がっていないようだった。

ライカも胡散臭《うさんくさ》い気配は感じている様子だったが、深入りしては来ない。

さすがに貴族相手のヤバい話には警戒心を持っているらしい。

「ふむ、詳しいことは聞かんでおこう。銃に関してはそうじゃな……基本概念と型はできておるから、三日もあれば進捗を知らせられるじゃろ」

「では三日後の昼にでも」

「うむ。さぁて、面白くなってきたぞ」

言うが早いか、ライカは俺たちを放ってカウンターの奥に引っ込んだ。

商品がそこかしこに並べられているのに、店番をしようという意思が全く感じられない。

「いいのかね、こんな大雑把《おおざっぱ》で」

「まぁ、危険な薬もありそうですし、好んで持って帰ろうって人はいないんじゃないですか？」

「管理されてんじゃなかったのかよ……」

どうやら領主によって毒物が管理されているという話は、かなり怪しいらしい。

もっともライカがそういった裏ルートに精通しているという可能性もある。

ともあれ、ライカ本人が引き籠もってしまった以上、ここにいるのはあまり意味がない。

「……帰るか」

「そうですね。ついでにお買い物していきましょう。荷物持ちもいることですし」

「荷物持ちって俺のことか？」

「まさか。いくら中身がリンドーさんだからといって、お嬢様のお身体で荷物持ちはさせられませんよ。アレです」

そう言ってセシルが指差したのは、窓の外で立ち塞がっていた隊長の姿だった。


その後、大量の食材を隊長とセシルが二人で抱えて屋敷に戻った。

驚いたのはセシルの腕力で、身体強化の魔術を使っているらしく、自分よりも重そうな荷物を軽々と抱えていたことだ。

そして隊長もセシルに負けじと荷物を抱えていたのだが、その量はセシルと同じ程度にとどまった。

どうやらセシルの身体強化は、隊長と同じレベルまで腕力を引き上げるらしい。

「ということがあったんですよ。アントニオ兄さんはご存じでした？」

俺は夕食時に話題を提供するため、そうアントニオに話しかけていた。

髪を切ったことによるショックから持ち直したのか、母のノーラもテーブルについている。

こちらから話題を振ったのは、いまだに未練がましい視線を向けてくる母の追及を逃れるためでもあった。

「いや、彼女に身体強化の才能があるのは知っていたが、そこまでとは思わなかったな」

「そこまで優れた能力があるなら、正式に女性騎士を目指してみるのはどうだ？」

当主のヘルマンからそんな話題を振られ、給仕についていたセシルは硬直した様子で返事に困っていた。

俺はそんなセシルに助け船を出すために、ヘルマンに異議を唱えておく。

「ダメですよ、お父様。セシルがアントニオ兄さんのようにムキムキになってしまうのは、私が困ります」

「それは確かにな」

「父さんまで、ヒドイな!?」

とはいえ、この世界では身体強化が広まっているだけに、騎士たちもそれほどムキムキというわけではない。

スリムな細マッチョという騎士たちが多く、ムキムキでパツパツなあの隊長が例外と言えよう。

セシルが騎士の教育を受けたからといって、いきなりアマゾネスのような体型になるわけではないだろう。

「それはともかく、セラ。その髪をどうするつもりです？　茶会には出られませんよ」

そうやってどうにか話題を変えようとしていた俺だが、ノーラの追及は躱《かわ》しきれなかったようだ。

彼女としては娘の嫁入りにも関わる問題なのだから、放置しておくのはさすがにできなかったかと理解を示しておく。

「お父様にも話しましたが、身を守るためには髪は邪魔になりますので。その代わり切った髪を残していますから、それでウィッグを作ればいいと思うんです」

「まぁ、それなら見栄えだけは取り繕えますか……ですが、今後は私にも相談してくださいね？」

「はい、申し訳ありません」

どうにか納得できる提案を受けたことで、ノーラもこの話を終わらせてくれる。

髪を切ったことでかなりピリピリしていたが、それでも一定の理解を示してくれた辺り、母の愛を感じる。

俺の母というわけではないのだが。

ノーラの勘気が解けたことで、食卓の雰囲気が一気に和らぐ。

そうしてみんなが楽しく食事を……という時になって、従者の一人が食堂に駆け込んできた。

「失礼します、ヘルマン様。急ぎご報告する件が――！」

「構わん、こちらへ」

「失礼します」

従者がヘルマンに駆け寄り、その耳元で他者に聞こえぬように報告する。

それを聞いて、ヘルマンは顔色を変えた。

「なに、下町で爆発？　火事か？」

「はい。幸い延焼などはしていませんが」

ヘルマンが他の者に聞こえるように声を出したことで、周囲に聞かせてもいいと判断したのか、俺たちにも聞こえる声量で話し出した。

「それは幸いだな。被害者は？」

「幸運にも一人も。ですが、火元の住民が少々問題ある人物でして」

「誰だ？」

領都ゼーンの下町に住み、火事を起こすような人物と聞いて、俺は真っ先にライカの顔を思い浮かべる。

その危惧は当たっていたようで、従者の口からも同じ名前が飛び出してきた。

「ライカという錬金術師です。出自不明ですが、腕はいいらしく――」

「錬金術師か……危険物を多く所持しているな」

ヘルマンは頭を抱えてテーブルに突っ伏す。

しかし俺はそれどころではない。彼女はいくつもの発明を依頼していた相手だ。

その家が燃えるとなると……やはり銃の開発が原因だろうかと、不安に思う。

何より、安否が気にかかった。無事という話だったが、怪我《けが》はないのだろうか？

「その方に怪我はないのですか？」

「あ、はい。爆発の中心にいたようなのですが、身体強化の魔術で防ぎ切ったらしく、怪我はありませんでした」

「身体強化すげぇ……」

おそらくは火薬の開発途中での事故だろう。俺は食事もそこそこに席を立ち、セシルを伴って食堂を出ることにした。

「すみません、少し気になることがあるので、その錬金術師のもとに行ってまいります」

「ハ？　いや、なにを突然？」

「錬金術師ならば、毒物についても詳しいかもしれませんでしょう？」

「アッ⁉」

ヘルマンにその発想はなかったのか、驚愕《きょうがく》の表情を浮かべた。

「ひょっとすると、例の毒についても何か知っているかもしれません」

「そ、その錬金術師の身柄を確保しろ！　事情を聞き出すんだ！」

「お父様、その方は現在、火災の被害者に過ぎません。毒に関しても、現状では犯人と関わりがあるかどうかも分からないのですから、無茶な真似《まね》をしてはダメです」

「し、しかしだな」

「それにいきなり領主のお父様が聴取を行うとなると、萎縮して真実を話さなくなるかもしれませんよ」

「そんなことがあるのか？」

取り調べの際に強制的な尋問があった場合、真実と違うことを話す事件があった。

これは公権力への畏怖や、目の前の尋問者への恐怖から、相手の望むことを話してしまうという従属的心理の結果だ。

「まずは緊張を解《ほぐ》すためにも私が。お父様とお話しするのはその後でいいでしょう」

「しかし、もし犯人の一味だとすれば、危険ではないか？」

「大丈夫でしょう。そうですね、ならセシルも同行させましょう。彼女の腕力なら、護衛にもなるはずです」

「お嬢様。私も女性なので、腕力を褒められるのは微妙な気持ちになります」

渋い顔をするセシルは置いておくとして、ヘルマンは俺の提案を思案する。

彼からすれば胡散臭い錬金術師に、病み上がりの愛娘《まなむすめ》を会わせるわけなのだから、心配して当たり前だ。

それにいくら腕力があるからといって、セシルは専門の訓練を受けているわけでもない。何より彼女はまだ幼いため、護衛としても信頼できないでいるようだ。

しかしセラの言い分にも一定の理解を示している。結果として妥協案を口にすることになった。

「ならば騎士を連れていきなさい。今日の昼に連れていった者なら、気心も知れていよう」

「騎士隊長の方ですね」

「そうだったのか？」

「それなら俺が一緒に――」

「アントニオは全体の指揮を執れ。この騒ぎに乗じて、我が家にちょっかいを出してくるかもしれん」

「ぐっ、しかし……」

確かに、この騒ぎが意図的に行われた可能性も存在する。

もし敵がセラの無事を察知していれば、その動向を探っていたはずだ。

そして錬金術師と接触を持ったことを好機と考え、今回の騒ぎを起こしたという疑惑も残されている。

「確かにお父様の言う通りですね。アントニオ兄さん、よろしくお願いします」

「セラ、お前は良いのか？」

「ええ。あの騎士隊長の方は信頼できそうですので」

いまだに渋るアントニオを制して、俺はすぐさま食堂を出る。

そしてその足で屋敷に併設されている騎士団の詰め所に向かい、騎士隊長を連れ出していた。

騎士たちは街の火事で何名かが駆り出されていたようだが、幸い隊長は指揮のために残っていたようだ。

事情を話すと指揮権を副隊長に委任し、俺たちの護衛についてくれるらしい。彼も大概、フットワークが軽い。

「申し訳ありませんね。忙しかったのでしょう？」

「問題ありません。それに昼に会ったばかりの人間を心配するのは、当然のことかと」

そう言って俺――というか、セラに向けて武骨な笑顔を向けてくる。

ついでにセシルに五十センチほどの鉄の棒を手渡していた。

「これは護身用に持っていきなさい。鉄の棒というのはシンプルだが、防御にも攻撃にも使える万能武器だ」

「は、はい」

意外と重そうなそれを、セシルは軽々と持ち上げる。

彼女はやはり身体強化の魔術に適性が高い。

それから俺たちは夜の街に飛び出し、下町に用意された救護所へ向かったのだった。


火事はすでに鎮火しているらしく、消火の後始末で行き合う人以外の野次馬《やじうま》は自宅へと戻っていったらしい。

やや閑散としつつある救護所の中で、俺は横たえられたライカの姿を発見した。

痛々しい姿……を想像していたのだが、彼女に巻かれた包帯は真新しいままで、血の染み一つない。

そしてかけられた毛布を蹴り飛ばし、ガニ股でイビキをかく姿を目にしては、心配した俺の気持ちを返せと言いたくなる。

「起きろ」

「いっだぁぁぁぁっ⁉」

思わずイラッとして、ライカの頭に拳骨《げんこつ》を落としたのも、やむなしだろう。

跳ね起きたライカは俺たちの姿を見て、一瞬キョトンとする。

「なぜこんなところにお主らがいるのじゃ？」

「そりゃ、昼に会った人間が焼け出されたと聞いたら、心配もするだろ？」

「心配してくれた人間が、拳骨なんて落とすかのぅ」

「焼け出された人間が毛布蹴っ飛ばしてイビキかいてるのもあり得ないよな？」

俺たちのやり取りに、隊長が目を丸くしていた。

彼からすれば、セラがこんな乱暴な口調で話すのは想像の埒外《らちがい》だったはずだ。

俺もうっかりいつもの調子で話してしまったが、こればかりはライカが悪いと責任転嫁させてもらう。

「それより隊長さん、少し席を外していただけません？」

「え？」

「少々込み入った話がありますので。昼の続きです」

「あー、えっと……」

「ご安心を。ここなら刺客が差し向けられることはありませんよ」

ここは下町に急造された救護院だ。窓の数は少なく、そして治療者の目もある。

そんな場所で襲撃してくる刺客なんて、まず存在しないだろう。

「では、私はまた玄関口で待機しております。何かございましたら、声を上げてください」

「よろしくお願いしますわ」

またしても外に出ていく隊長を見送り、俺は再びライカへと向き直る。

「それで、どうしてこうなった？」

「いや、あの火薬という物を調合するのは本当に難しくてな」

頬をポリポリと掻《か》きながら、ライカは視線を彷徨《さまよ》わせる。

上手《うま》くいかない自分の腕を恥じているかのように。

「最初に調合した物は燃焼力が弱くて使い物にならなかったのじゃ。それで逆に燃焼力を強化したんじゃが、どうにも不自然に燃え広がっての」

ライカの言葉を聞き、俺は火薬を調合する危険性について、初めて思い至った。

と同時に、彼女が無事であることが本当に信じられなかった。

「よく無事だったな。それだけは本当に良かった」

「ワシだって身体強化魔術くらいは使えるわぃ。というか、そこらの騎士より遥《はる》かに強い魔術が使えるんじゃぞ？」

「そうなのか？」

「錬金術とは、物質に魔術で干渉する技術じゃ。その肝心の魔術が弱くては、話にならん」

「それにしても、火薬の爆発を至近距離で受けたんだろ？」

「魔術だけでなく、他の防御処置もしておったよ。具体的に言うと火属性耐性を持たせた服とか、不燃性素材の帽子とか」

「便利なものだな」

俺は爆発物処理班が着る、防護スーツのような物を想像した。

ライカはどこか眠たげな眼《め》のまま、自慢げに胸を張るという器用な真似をしていた。

「今回は調合の結果どういう現象が起きるか、前もって分かっていたからの。あ、そうそう」

そう前置きして、ライカは懐から金属の塊を取り出す。

それは俺が見慣れた物とは少し違う形をしていたが、紛《まが》う方なき手錠に違いなかった。

「これは、手錠？　もう完成したのか!?」

「機構としては単純なモノじゃったからな。一番簡単なモノからさっさと済ませてみたのじゃ」

受け取った手錠をセシルの腕にかけ、引っ張ってみる。

「わひゃあ⁉　リンドーさん、なにするんですか！」

突然腕を拘束されて、セシルは珍妙な声を上げる。

結構強めに引っ張ってみたが、外れる気配はない。

「悪い。ちょっと実験」

「自分の手でしてくださいよ」

「人に使う物なのに、自分の片腕だけで試してもなぁ」

「私が外してあげますから」

「いや、自分で使い勝手を見たいし」

そう言いつつライカに視線を向ける。すると彼女はまた懐に手を突っ込み、鍵を取り出した。

「ほれ、鍵じゃ。ワシの体温でホカホカじゃぞ」

「それにどう反応しろと？」

さらっと流す俺に不満そうな顔をしつつも、鍵を手渡してくれる。

俺はそれを手錠の鍵穴に突っ込んで解錠した。

日本の手錠と違い、ライカの作った手錠は鍵の部分が分厚くなっている。

これはどうやら、鍵の構造の問題で厚くなってしまったらしい。

しかしその他の部分は日本の物と遜色ない厚さであり、重さも許容範囲内といえよう。

「どうじゃ？」

「うん、充分実用できそうな感じだ」

「それはよかった。ではこれで一つは完成ということじゃな」

「ああ。この調子で頼む」

セシルの手錠を外し、俺はライカに礼を述べた。

「報酬はここで払う方がいいか？　今は手持ちがないんだが」

「別に後で構わんよ、まとめて支払ってくれれば。なにせお主ほど所在のはっきりしておる依頼人はおらんからの」

「まぁ、そりゃそうか」

苦笑しつつもライカの安否を確認したことで、次の話題へと持ち込む。

錬金術師ならば、薬についても詳しいはずだ。俺が盛られた毒についても、彼女の意見を聞いておきたい。

「ところで話は変わるんだが……」

俺は自分が毒を盛られた状況をライカに話し、意見を請うことにした。

正直に言うと、無関係の者に事情を話すのは少々気が引けたが、専門家となると話は違う。

セラは聡明《そうめい》ではあったが知識に偏りがあるし、俺はこっちの世界の知識に自信がない。専門的な知識は彼女に聞くことが、一番手っ取り早いはずだ。

「ふむ？　最初に眩暈《めまい》、続いて吐き気と頭痛じゃな？　すでに回復しておるから状況は推測でしかないんじゃが……」

そう前置きをしておいて、いくつかの質問を重ねてくる。

朝、いつ起きたかとか、朝食をいつ取ったかとか、昼食の内容とか、こまごまとした質問だ。

「昼食のメニューを教えてくれるかの？」

「えっと、記憶によるとサラダを挟んだサンドイッチが基本で、鶏肉《とりにく》を炙《あぶ》った物があったな」

「はい、山鳥のグリルですね。あとはコンソメスープと水、後は食後用の香草茶を用意しておりました」

俺の答えをセシルが補足する。彼女は食事を用意した当人なので、その辺りのことは詳しい。

　もちろん、彼女が作ったというわけではない。

「酒はメニューに入っておったかね？」

「いいえ。昼食にはなかったですね」

「では朝食に？」

「いえ、水の保存用以上のモノは入ってないですね」

「ふむぅ？」

　セシルの答えを聞いて、ライカは頭を悩ませる。

　しばし悩んだ末、顔を上げると、きっぱりとした声で俺に告げた。

「その症状から考えるに、まず間違いなく酒精に中《あた》ったとみるべきじゃろうな」

「酒は飲んでいなかったはずだが」

「それが謎じゃな。セラ様が隠れて飲んでいたとかはないかの？」

「そんなこと、絶対にありません！」

　セシルは断言するが、セラほど自分を律していたのなら、ストレスはかなりのモノになっただろう。

　それを発散するために飲酒に走る可能性も、なくはない。

もっとも、セラの記憶にそれがない以上、可能性は限りなく低い。

記憶を失うほど泥酔したというなら、話は別かもしれないが。

「セシルの思い込みはともかくとして、俺の記憶にもセラが飲酒したという事実はないな」

「なら酒中りの線はないか。典型的な症状だと思ったのじゃがなぁ」

だが確かにライカの見立て通り、俺も急性アルコール中毒の症状が近いと考えていた。

しかしセラが口にしたアルコール量は、ワインを水に数滴混ぜた程度で、中毒を起こすような量ではない。

あの程度なら赤ん坊だって気付かないかもしれない。

「なら別の――」

ライカが次の質問に移ろうとした瞬間、突然窓ガラスを蹴破って黒ずくめの男が室内に乱入してきた。

突然の凶行に、俺の視界にガラスの飛沫《しぶき》がゆっくりと流れていく。

その中で男の手に、黒く塗られた剣が握られていることを認める。

「敵⁉」

反射的に俺は叫ぶ。その声に反応して、外の隊長が駆け付けてくれるはずだ。

そう判断してのことだが、その声が男の視線を俺へと向かわせた。

一瞬判断を間違ったかと思わなくもなかったが、今はそれよりも自衛が先決だった。

武器になりそうな物は周囲になく、今の俺は徒手空拳である。

ならまず最初に取るべき選択肢は、逃げることだ。

「セシル、逃げるよ！」

「は、はい！」

俺の言葉にセシルは即座に反応した。

逃げるのではなく、俺の後ろへと駆け込むことによって。

それはつまり、俺と男の間に割り込むことに繋がる。

「セシル――」

余りにも無謀な行動に、俺は思わず悲鳴のような声を上げる。

そしてその声を掻《か》き消すように、甲高い金属音が鳴り響いた。

男の振り下ろす剣撃を、セシルの持つ鉄棒が受け止めた音だ。

「くっ、お嬢様は早く逃げて！」

「バカを言うな!?」

自分よりも幼い、セシルのような子供に刺客を任せて、自分一人で逃げることなど、できようはずがない。

俺はとっさに周囲を見回し、ライカが蹴り飛ばしたままのシーツに目を留める。

それを男に投げ付けて視界を奪った。

「無駄な足掻《あが》きを！」

ここで初めて、男が声を上げた。

かすれたような、特徴的な声。その声を脳裏に刻みつつ、俺は部屋を照らすランプに手を伸ばす。

男は俺に向かって斬りかかろうとするが、そこへセシルが鉄棒で殴りかかることでそれを防いでいた。

ガンと、金属とは思えないほど重い音。驚くべきことに、その一撃で男はたたらを踏んでよろめいていた。

「このガキ、なんて力だ⁉」

見るとセシルの足元の床が陥没すらしている。それほどの強さで踏みしめたということだろう。

俺は男の足元に落ちたシーツにランプを投げ付ける。安物のランプは簡単に砕け、油と火種を周囲に撒《ま》き散《ち》らした。

もちろん油に引火し、シーツごと派手に燃え始める。

「くっ」

燃え上がるシーツに視界を奪われ男の足が僅かに止まる。

ましてや床には油が撒き散らされているため、下手《へた》に動けば転倒してしまう危険もあるから、男の判断は正解だ。

「お嬢様、ご無事で⁉」

そこへ隊長が部屋に駆け込んできた。

即座に状況を把握すると、男に向かって長剣を横薙《よこな》ぎに払う。

男はその一撃を剣で受け止め、同時に吹き飛ばされることとなった。

「ぐぁっ！」

男は壁まで吹っ飛ばされ、驚くべきことに壁をぶち抜いてその向こうへと消えていく。

壁の脆《もろ》さを非難すべきか、それとも隊長の剛腕に驚嘆すべきか、悩むところだ。

隊長は男を追って、壁の穴に飛び込んでいく。しかし続く剣戟《けんげき》の音は一切聞こえなかった。

俺はセシルにかばわれながら、身じろぎもせずその場に立ち尽くしていた。

しばらくして隊長が穴から顔を覗《のぞ》かせ、頭を掻いて謝罪した。

「すみません、お嬢様。どうやら逃げられたようです」

「え、壁をぶち抜く勢いで吹っ飛ばされたのに？」

少なくとも、板張りの壁を破壊するほどの勢いで叩《たた》き付けられたのだから、かなりのダメージがあったはずだ。

だというのに、男はすでに姿を消していたらしい。

「タフな奴《やつ》だというべきか、それとも見上げた逃げ足というべきか。なんにせよ大したもんです」

「まぁ、逃げられたものはしかたない。怪我人《けがにん》がいなかったことが救いだ」

見たところセシルにも怪我はない。刃物を持った男を相手に立ち回りを演じたというのに、鉄の棒一本で追い払ったのだから大したものだ。

しかし彼女はその場にへたり込むところだった。

一瞬、怪我をしたのに俺が見逃したのかと思い、慌てて彼女の様子を見る。

だが彼女は別に、怪我をしたわけではなかったようだ。

代わりに、その手足が細かく震えているのが見て取れた。

「ああ、そうか」

セシルはまだ十三歳の少女で、しかも侍女だ。戦いを生業にしているわけではない。

そんな少女が、暴漢相手に立ち塞がったのだから、どれほどの恐怖を感じていたことか、想像に難くなかった。

「ありがとう、セシル。それと……よく頑張ったな」

俺はセシルの頭に手を置き、抱き寄せるようにその頭を胸に抱く。

それで緊張の糸が途切れたのか、セシルはまるで赤ん坊のように泣き始めたのだった。


泣きじゃくるセシルを隊長が抱きかかえ、俺たちはライカも連れて騎士団の詰め所へと戻ることにした。

セラの命が目的だとは思うが、念のため、ライカの身の安全も確保しておきたいという考えからである。

むさくるしい騎士たちの詰め所に公爵令嬢の俺が滞在するということで、一番清潔で豪華な部屋という場所を用意してくれている。

屋敷の自室よりは質素だが、それでも不快に思う要素がないのが救いだった。

「お嬢様。先ほどの刺客については、現在も騎士たちが捜索しております。手配書も用意しておりますので、明日の朝には街中に貼り出されるでしょう」

「そう。ありがとう」

こうして顔が広まれば、市民の目が敵の動きを封じる網になる。

ただしセラが狙われたと公表するのも不都合があるので、狙われたのはライカということにしてもらった。

第三王子の婚約者が暗殺者に狙われていると知れ渡れば、世間は騒然となるだろう。

下手をすれば、そんな危険人物を婚約者に据えるわけにはいかないという話になって、破談という可能性もある。

ひょっとすると、まだ見ぬ敵はそれが目的で騒動を起こしている可能性もある。

「それよりセシル、本当にありがとう。あなたのおかげで生き長らえることができました」

今は騎士たちがそばにいるので、言葉遣いをいつもの調子にすることができない。

おかげでかなり他人行儀な言葉になってしまったが、セシルもそれは承知してくれている。

顔を真っ赤にして俯《うつむ》き、モジモジと指でスカートを弄《いじ》って照れる彼女は、歳相応に可愛《かわい》らしい。

「うむ。まさかただの鉄棒で渡り合うとは、ワシも驚きじゃ」

「そういうお前は何もしなかったな?」

「言葉」

「おおっと」

　思わず素で非難の声を上げた俺を、即座に指摘し返すライカ。

　この妙な落ち着き具合は、やはり年の功というべきか。

「くひひ、まぁそう責めるな。ワシも家が燃えてろくな道具を持ち出せなんだのじゃからな」

「そりゃそうだろうけど」

「まぁ、いざとなればこの毒瓶をぶちまけるつもりじゃったが」

「やめろ、マジで⁉」

　窓が破られたとはいえ、屋内で毒をバラまくとか、正気の沙汰じゃない。

　そんな真似《まね》をされたら、俺たちまで毒に侵されてしまうじゃないか。

「安心せい。解毒薬も用意しておる。全員が行動不能になってから、悠々とお主たちを解毒すればいいだけの話じゃ」

「お前が動けなくなったら、どうするんだよ？」

「ワシは少々の毒は効かん体質での。この程度ならちょっと痺《しび》れるくらいじゃよ」

「マジか。錬金術師すげぇな」

「そうじゃろ？　あと言葉」

「おおっと」

ちょうど騎士たちが俺たちに茶を振る舞うために席を外してくれていたので助かった。

とはいえライカと一緒にいると俺も化けの皮が剝《は》がれやすくなって困る。

「念のために聞くけど、ライカにあいつの心当たりはないよな？」

「あるわけないじゃろ。ワシは品行方正健康健全な錬金術師じゃ」

「男食い散らかしてたろ……」

「房中術と呼べ」

しかしライカに心当たりがないということは、俺狙いで確定らしい。

それにしても、ライカの家が焼けてしまったのは少し問題だ。

彼女へ依頼した開発が遅れてしまうのは、俺としても困った事態になり得る。

「うーん……そうだ、ライカの家をこの屋敷の敷地内に移動させることってできる？」

「はぃ？」

俺の言葉にライカはキョトンとした顔をしてみせた。

「お前の開発が遅れるのは困るんだ。家が焼けたのなら、開発が滞るだろ？」

「そりゃまぁ。でもそう簡単に移設とかできんじゃろ？」

「空いてる倉庫ならあるから、そこでよければ」

セラの記憶によれば、庭を整備するための倉庫がいくつかある。

　それを一つ空ければ、彼女の宿の代わりにはなるだろう。寝具も屋敷の余りを持ち込めば、問題はない。

　ついでに彼女の身も、騎士団に守ってもらえるのだから、一石二鳥だ。

「セシル、できそう？」

「ええまぁ、問題はないかと」

　余所者《よそもの》を屋敷に招き入れることになるが、セラの身の安全に関わるとなれば、セシルも拒否はしない。

「では、手配してもらえる？　悪いけどライカには拒否権はないから」

「な、なんじゃと⁉」

「こっちは命に関わる状況なんだから、開発が遅れては困るんだ」

「それは分かるが……どうしてもかの？」

「どうしても！」

　俺がそう決断したことで、ライカの引っ越しは決定してしまった。

　セシルが率先して引っ越しの指示を出し、屋敷の人員を大量動員した結果、引っ越しは翌日中に終了してしまった。

それから三日。何度か小火騒《ぼや》ぎを起こしつつも、ライカは銃を完成させたという報告を上げてきた。

俺はそれを聞いて、彼女のもとを訪れる。屋敷内とはいえ、安心はできないので、隊長の護衛が付いたままだ。

屋敷の敷地内にある外からの目隠しのために作られた雑木林。そこで試射することになっていた。

「あの、お嬢様。これは？」

「目隠しと耳栓」

隊長に銃の存在を知られては、父のヘルマンに伝わる可能性がある。

そこで彼には目隠し耳栓でその存在を知らせないようにするつもりだった。

しかし当然、隊長としては不満があるわけで。

「これでは護衛できません。いざという時に呼ばれても気付くことができませんし」

「む、それは確かに。しかしお父様に知られることは困るので」

「ぐぬぬ……」

「うぬぬ……」

俺と隊長はにらみ合い、やがて隊長が折れる結果となった。

がっくりと項垂《うなだ》れ、そして妥協案を提示する。

「分かりました。ではこの周囲を騎士団員で囲むように警備させてもらいます。非常時以外は近付かないように命じておけば、秘密は守れるでしょう」

「そうしてくれると助かります。大きな音が鳴ると思いますが、私が呼ぶまでは近付かないように」

「了解しました。その様に厳命しておきましょう。それとセシル嬢」

「な、何でしょう⁉」

突然自分に話題を振られ、セシルは声を裏返らせた返事をする。

緊張で直立不動になっているのが面白い。

「これを。私の剣です」

「隊長の？」

「はい。私の馬鹿力を支えるために、普通の物よりも頑丈にできているのですが、セシル嬢なら問題なく扱えるでしょう」

「いいのですか？」

「用事が済めば、返してください。私には予備があります」

セシルは隊長の剣を受け取り、それが意味することを知ってさらに緊張する。

これはつまり、先の一件のように刺客が襲ってきたなら、身を挺《てい》して守れという意思表示でもある。

セシルとしても、怖くはあれどそれを拒否することはできなかった。

「ありがとうございます。お嬢様は必ず守り通してみせます」

「お頼み申します」

セシルに起礼を返す隊長。そんな彼をその場において、俺たちはライカのもとを訪れた。

すでにライカは試射のために用意した場所に待ち構えており、手に長大な鉄の棒を携えていた。

「待たせた、ライカ。って、それは？」

「うむ、お待ちかねの銃じゃ！」

「いや、でかくね？」

その鉄の棒——銃は長さが一メートル半ほどもあり、ライカの身長を優に超えていた。

というか、セシルの身長よりも長い。

「そこまでデカくする必要はあったのか？」

「ここまで大きくせんと、想定した威力を発揮できんかったのじゃ……」

どうやら話を聞く限りでは火薬の開発は結局失敗し、代わりに火硝石という燃焼性のある石を代用したらしい。

　そして次に出た問題として、銃身が燃焼の圧力に耐えられず、破裂する事態が発生したとのことだった。

　結果、燃焼ガスを充分に活《い》かすために銃身を長くし、さらに爆発に耐えられるように分厚くした結果、対物ライフルのような代物になってしまったのだとか？

「まるでライフル。なのに回転弾倉とは……」

　しかも装弾数の設定も仕様書に書いていたため、それを忠実に再現しようとしたライカは、回転式の弾倉も採用していた。

　結果としてライフルのような見掛けなのに回転式弾倉という、珍妙な代物が完成してしまったらしい。

「ダメなのか？」

「ま、まぁ、まずは撃てるかどうかだよな」

「そこについては、ワシの保証付きじゃ」

　そう言いつつ俺に銃を差し出してくるライカ。しかしそれは、セシルによって阻まれることとなった。

「セシル？」

「いけません。先ほど破裂したという話があったじゃないですか！」

「いやでも……」

「お嬢さまは身体強化の魔術が使えません。万が一破裂した際は大怪我《おおけが》を負ってしまいます。なので私が試射とやらをすることにします」

確かにセシルの言うことはもっともだ。

俺は身体強化の魔術が使えないため、怪我をする事態になると深刻な負傷を負う可能性がある。

しかし身体強化の能力が高いセシルなら、その可能性は低くなる。

「ワシのことをもっと信頼して欲しいのじゃ」

「ま、万が一ですよ？」

しょんぼりとするライカに、セシルは慌てて取り繕った。

この三日の間、セシルとライカは何度も顔を合わせ、それなりに仲良くなっていた。

ついでに要らない知識も吹き込まれているらしく、少々オマセな感じになりつつある。

接触禁止令を出すべきかどうか、俺は真剣に悩んだほどだった。

「この大きさじゃから、基本は伏せて撃つようにするんじゃ」

ライカは伏せ撃ちの姿勢をセシルに指導する。

そのための銃身保持脚《バイポッド》まで取り付けられているのだから、用意周到というべきか。

ライカの指導通りの姿勢を取り、セシルは十メートルほど先にある木に照準を合わせる。

「先の二股の鉄の板の間に、手前の板が入るようにして狙いを定めるんじゃ」

照門と照星。これも仕様書に書いておいたものだ。

「二つが重なったら手元の引き金を引く。ぶれないように注意するのじゃぞ」

「はい」

ライカの指示通り、慎重に引き金を引くセシル。

直後、ドンという轟音《ごうおん》が鳴り響き、セシルの小さな身体《からだ》が三十センチほど後ろにずれる。

そして木の幹が半分ほど抉《えぐ》り取られた。いや、俺の想像以上に威力があるんだが……

「相変わらずすさまじい轟音じゃ」

「音はともかく、威力が凄《すご》くないか？」

「そうかの？　仕様書によるとこれくらいじゃろ？」

「せいぜい穴が開く程度でよかったんだが……」

護身のためなのだから、敵を牽制《けんせい》できればそれでいい。

金属鎧《がい》を撃ち抜くのは難しいかもしれないが、服を突破し肉を抉れれば、それだけで動きは封じられるはずだ。

「ではこれは失敗作ということになるかの？」

「いや、これはこれで使い道はある。でも口外はしないでくれると助かるな」

「それも依頼のうちじゃから、問題ないわい」

気楽にそう口にするライカに、俺は安堵《あんど》の息を漏らす。

同時に先ほどから一言も発していないセシルが心配になった。

そういえばライフルを下手《へた》に撃つと、肩を痛めるという事例を聞いたことがある。

セシルが怪我をしたのではないかと、不安になった。

「セシル、平気？」

「は、はい！　あの、あれ私がやったんですか？」

「そうだよ。これは俺の世界でよく使われていた武器だ」

「私、攻撃魔術使えないのに？」

「俺の故郷では誰も魔術なんて使えなかったからな。こういった『技術』が普及していたんだよ」

セシルは目を輝かせて俺を見る。その目には少しアブナイ光が宿っていた。

「私が、一流の魔術師みたいな威力を？　これ、凄いです！」

「そ、そうか？」

「あの、えっと……」

興奮した面持ちのまま、俺に何か言いたげにモジモジと言い淀《よど》む。

きっとこれを自分に与えて欲しいと言いたいのだろう。しかし、こんな危険物を子供に預けるのは不安がある。

とはいえ、俺はセシルの撃った跡に視線を向けた。

そこには三十センチほどの地面の抉れが残っている。

それほどの反動、セラの身体では支えきれないだろう。

「俺では扱いきれないか。となるとやはりセシルに使ってもらうことになるかな？」

先日のように、刺客に狙われた際に鉄の棒一本で戦うのは、あまりにも無体に思えた。

セシルがこれを使うのは、そういった状況を避けるためにも、ありかもしれない。

「俺が指示した時に限り、セシルがこれを持つことを許す。それ以外では触らないように。これは本当に危険な代物だからな」

「はい、それは分かります」

セシルの視線は、抉れた木の幹に向けられていた。それほどのダメージを人が受けたら、致命傷は免れないだろう。

「ライカ、銃については、これで充分だ。じゃあ、後はカメラとレコーダーの開発を頼む」

「ほいきた。そちらもなかなか面白そうじゃからな。楽しみにしておくといい」

腕まくりをして気合を入れるライカに、俺はどことなく不安を覚えなくもなかった。

なにせ彼女の目は、相変わらず気怠《けだる》げなままだったのだから。

第四章　深まる疑惑

先日の襲撃の後、俺はこれまでの経緯を紙に書き出し、考えを纏《まと》めていた。

俺は推理小説に出てくるような名探偵じゃない。運良くいくつかの事件を解決することはできたが、それは地道な情報収集のおかげだ。

毎日靴をすり減らして聞き込み調査をし、それを紙やタブレットのメモ帳に書き出して思考を纏める。

これは前世から繰り返してきた、俺の習慣である。

「ん、あれ？」

そこで一つ、気になるところが存在した。

それはまさに、先日の救護所で襲撃されたところまでまとめて、気付いたことだ。

「おかしい、無理だ。これはおかしい。でもそうなると……」

もし、この思い付きが真実だとすると、容疑者は二人にまで絞られることになる。

しかしそれは、セラからすると決して受け入れられない結果になる。

「うーん……？」

考えを纏めるべく、椅子に体重をかけて、足を机に乗せる。

頭を腕で支えるように後ろに回し、椅子の後ろ脚だけで体重を支える。ギコギコと軋《きし》むその音を聞きながら思案に耽《ふけ》っていると、ドアが控え目にノックされる。

「お嬢様、いまよろしいでしょうか？」

「セシル？　良いわ、入って」

ドア越しの会話だとどうしても周囲の目が気になる。

なので、こうした部屋の外に話しかける時は、セラの口調を心掛けていた。

俺の返事を受け、セシルは音もなく滑らかに扉を開き、静々と入ってきた。

部屋のドアを閉め、他者の目を気にする必要がなくなった直後、セシルは砕けた口調で話しかけてきた。

「お行儀が悪いですよ、リンドーさん」

「ああ、悪い」

この机に足を投げ出すポーズは、生前でも相棒に散々注意されていた。

注意されたまま足を下ろし、今度は机に肘をついて考え込む。

「どうかなさったんですか？　元気がないようですけど」

「あー、うん。ちょっとね。それより、何の用？」

今の考えをセシルに教えるのは、あまりにも酷な話だ。

そんな感情を隠すように、セシルが来訪した用事を聞く。

部屋に入るなり俺の不作法を目にして、侍女モードに入っていたセシルだったが、用事を思い出して姿勢を正す。

「そうでした。ライカ様がお嬢様をお呼びです。依頼のモノが完成したとか」

「あ、カメラとレコーダーか。証拠を固めるには必須の道具だから、待ちかねていたんだ」

「こちらに報酬の金貨を用意しておきました」

セシルはそう答えると、侍女服のポケットから小さな袋を取り出す。

そこに入るほど安い報酬ではなかったはずなのだが……

「少なくない？」

「重くなりますので、高額貨幣を利用してます。白金貨ですから、街で使うのは少し面倒ですけど」

彼女の話によると、一枚一万ラピスの価値がある貨幣らしい。街ではほとんど流通しない高額貨幣のため、使う場合は大抵金貨以下の貨幣に換金してから使うことになる。

「分かった……って、ひょっとしてそれ、セシルのお金じゃないだろうね？」

「まぁ、私の貯蓄もないわけじゃないですけど、さすがにこの額は無理です。きちんとお嬢さまの貯金から執事長の許可を貰《もら》って下ろさせてもらいました」

セラの貯金も、かなりの額があるらしい。

元々彼女は一般的な貴族の子女と同じだけの小遣いを貰っている。

しかし交友関係が狭いため、茶会などを開くことがほとんどなく、さらに参加することもなかった彼女は、ドレスなども用意することがなかった。

おかげで彼女の貯金は使う時間がないというセシルよりも、遥《はる》かに多額の貯金が存在していた。

「ならいいんだけど、足りないなら言ってくれよ？　間違っても自分の懐から出そうとするな」

「分かってますよ。でもお嬢さまに関わることですし、いざとなれば立て替えます」

「いやそれは……」

固辞しようとしたが、考えてみればセラは現金を持ち歩かない貴族令嬢。いざという時に持ち合わせがないということは充分に考えられた。

なので、いざという時はセシルに頼ることも視野に入れねばならない。

「分かった、その時は頼む。でも借りたものは絶対返すからな」

「でもそれ、リンドーさんのお金じゃないですよね？　お嬢様のですし」

「うぐっ⁉」

セシルに綺麗《きれい》にカウンターを決められ、俺は言葉をなくした。

彼女は日本ではまだ子供といっていい年齢なのに、本当に頭が回る。

二の句を継げなくなった俺を見て、溜飲《りゅういん》が下がったとばかりに口元に手を当て嫌らしい笑みを浮かべるセシル。

その顔を見て、俺は額に手を当てて降参とばかりに両手を上げた。

「まぁいい。とにかくライカから品を受け取ってからだな。それと準備をする間、あの隊長に連絡を入れておいてくれ」

「隊長さんに？　また外出するのですか？」

「ああ。どんな毒物を使われたのかが、まだ分かっていないからな。図書館に行こうと思っている」

広大な敷地を持ち、私設の騎士団を抱えるウィマー公爵家であっても、図書館はさすがに持っていなかった。

もちろん一般家庭とは比較にならない蔵書を持ってはいるが、図書館には敵《かな》わない。

今回の事件では、目的の毒物の目星は付けているのだが、それを確認する植物図鑑は屋敷内になかったのである。

こちらの世界に、俺が想定している毒物があるのなら、おそらくそれで事件は解決できる。

問題となるのは犯人の動機だけだが……それはまだ予想もできていない。

「隊長だけでなく、それ以外にも数人手を借りたいんだけど」

「分かりました。伝えておきます」

「じゃあ、そういうことで」

そう言うと俺は外出着に着替え始める。

セラは基本的に屋敷内ではドレスしか着ないので、以前セシルが用意してくれた町娘の服を着る。

こんな服装を母のノーラに見られるとまた卒倒されそうなので、上にマントを羽織って隠す。

屋敷を出るまではこの格好でこそこそ出るしかない。

しばらくするとセシルが戻ってきて、連絡と騎士四名の手が借りられることを伝えてくれた。

「よし、じゃあ隊長には俺たちの護衛を。隊員四名は……えっと、どこだったかな？」

セシルの報告を聞いて、騎士の配置を指示しようとした。しかし領都の地図が見当たらない。

「何をお探しです？」

「街の地図が見当たらなくて」

「ああ、それでしたら、以前そちらに貼り出していましたよ」

部屋を飾るカーテンの向こうに、メモや地図などを貼り付けていた。

これを俯瞰的《ふかんてき》に見ることで、気付くこともある。それをすっかり忘れて隠したままにしていた。

「しまった、すっかり忘れてた」

「リンドーさんって、ときおりドジっ子ですね？」

「ドジっ子って言い方はやめてくれ。前世では結構な歳《とし》だったんだから」

「オジサンがセラ様の中に……早く出てってくれません？」

「容赦ないな⁉」

「嘘《うそ》ですよ。私としてもセラ様が関係ないのなら、別にリンドーさんは嫌いじゃありませんし」

そう言うとクスッと小さく笑みを漏らす。どうやら彼女も、多少は信頼感を持ってくれていたらしい。

「セラ様が戻ってくると、リンドーさんは消えてしまうんですよね？」

「まぁ、一人の身体《からだ》に二人の人格ってのは……皆無ってわけじゃないが、無理はあるだろうなぁ」

例えば解離性同一性症。いわゆる多重人格。

今の俺を医者が見れば、真っ先にその症状を疑うだろう。

しかしそれは、決して正常な状態とは言い難《がた》い。ましてやセラは王族との結婚が決まっている。

そんな面倒な状態だと知られれば、どこで足をすくわれるか分からなかった。

「それは……少し寂しいですね」

「セシル？」

「私だって嫌いじゃない人が消えるのは、悲しいですから」

「お前……」

良い子だ。つくづくそう思い、彼女の頭に手を置く。細く手触りの良い髪の感触が返ってきた。

頭を撫《な》でながら、俺は諭すように彼女に告げる。

「まぁ、皆無じゃないとも言っただろ？　ひょっとしたらセラの中でどうにか生き続けることもできるかもしれない」

「それはそれで、困るかも」

「ハハハ、ならライカにでも頼んでみたらどうだ？」

あのどこか得体の知れない錬金術師は、この短期間に俺の注文に次々と応えてくれた。基本となる技術や構造、発想なんかを教えることはしていたが、それでも彼女が卓越した腕前を持っていることは分かる。

「それより騎士たちだ。ここが目的地だから」

しばらく地形を眺めて考える。そして四か所を指差して彼女に指示を出した。

「こことここ、それとここに騎士を配置しておいてくれ」

「え？　えっと……」

「ああ、この地図を持っていってもらっても構わないよ」

言葉で待機場所を伝えるのは難しいだろう。そう考えてセシルに地図を渡す。

セシルはそれを受け取った後、再び部屋を飛び出していった。

その勢いはかなり速く、短距離走者もかくやという速度だった。

おそらくは身体強化の魔術を使っているのだろうが、それにしても速いと思う。

やはり彼女の身体強化は、かなりの高レベルにあるらしい。

そうしてセシルが戻ってきてから、俺たちはライカのもとに向かったのだった。


ライカの住む倉庫にやってきた俺たちを、ライカは諸手《もろて》を挙げて歓迎してくれた。

どうやら開発に成功した魔道具を、早く自慢したくてしかたなかったらしい。

「ようやく来たか！　見てくれ、これが依頼の品じゃ！」

倉庫の外で待ち構えていた彼女は、かなり大きな板状の道具を俺の前に差し出してきた。

大きさとしては一つが文庫本サイズ、もう一つはティッシュ箱くらいの大きさがある。

小さい方を俺に差し出し、ライカは説明を始めた。

「こっちの小さい方が音声を記録するレコーダーじゃ。周囲の空気振動を記録して、それを再現する仕組みじゃ」

レコーダーの原理である、空気の起こす振動を板状の記録媒体に刻み込む蓄音機の仕組みを、魔道具で再現することに成功したらしい。

「媒体に記録するのではなく周囲の振動そのものを記録するため、再現力はかなり高いぞ」

「それは凄《すご》いな」

「そしてこっちは、光の反射を細かな魔晶素子が記憶して、それを紙媒体に焼き付けることで再現できるようにしたのじゃ」

「ふむ？　色の三原色を利用したのか？」

「色と光では基幹となる色が微妙に違っての。それを変換する構成を組み込んだため、少し大きくなってしまったのじゃよ……」

　確かにこのサイズはこっそり隠し持つには、少しばかり厳しい。

　しかし、そもそも存在しない道具を作り出したのだから、その存在意義はとてつもなく大きかった。

　むしろ俺の適当な説明にここまで応えてくれたのは、素直に感心した。

「録音時間や、撮影枚数は？」

「録音はおよそ三時間ほどじゃな。保存期間は蓄えていた魔力が切れるまで五年は持つじゃろ」

「五年もか、それは凄いな」

　正直今の日本で売ってるモノならそれ以上の保存能力もあるし、録音時間もそれより長い。

　しかし初めて作ったレコーダーがこの性能なのだから、これは驚嘆すべき技術力だろう。

「こちらのカメラ？は撮影枚数は百三十枚程度じゃな。こちらも保存期間は五年程度じゃが、紙に焼き付ければそれ以上は保存できるじゃろ」

「百三十は凄いな」

こちらも言うまでもなく、日本製には及ばない。しかし江戸末期や明治初期のカメラのことを考えると、これも一足飛びの技術といえよう。

それを数日で開発してしまったライカに、俺は戦慄を覚えていた。

「ライカ。実はお前、凄かったんだな」

「当然じゃ！」

フフンとない胸を張るライカだが、同時に俺は別の危惧を持っていた。

この偽幼女、野に放っていい存在じゃないのではないか、と。

「なぁ、ライカ。良かったらこのままここに住んでくれないか？」

「え、なんで？」

「リンドーさん、急にどうしたんです？」

唐突な俺の申し出に、ライカとセシルが目を見開く。

しかし、これは別に気まぐれで口にしたことではない。これほどの技術力を持つ一般人、野に放ったら様々なトラブルを呼び込んでしまうだろう。

下手《へた》をすれば、その技術を独占するために、彼女の身柄を拘束しようとする輩《やから》も現れかねない。

　俺の申し出も広義ではそれと同じ意味を持つが、少なくとも命の危険からは身を守ることができるはずだ。

「それがワシにとって、何の益がある……と問いたいところじゃが、お主の発想はワシにとっては宝の泉じゃからな」

「まぁ、多少は協力できるとは思うな」

「ふむ……よかろ。これからもお主の考えを道具にする役目を、ワシに任せてくれるなら、その申し出を受けよう」

「じゃあ、そういうことで！　ヘルマン――父への許可は後で取っておくよ」

「まかせたぞ」

　そう言うと、思い出したように倉庫へと誘《いざな》う。

「おっと、そういえばこんなところで立ち話もなんじゃな。中で茶でも――」

「いや、それより急いで確認したいことがあるから、街に出る。悪いが時間がないんだ」

「そうか、残念じゃな」

「あと報酬だな。セシル」

「はい、こちらに用意しております」

俺に見せた時と同じように、ポケットから小袋を取り出す。

それをライカに渡すと、彼女は中身を確認した。

「ぬぉっ⁉　こ、は、白金貨⁉」

「額が額でしたので」

「それは分かるが……使い辛《づら》いのぅ」

「そこは勘弁してくれ。これで依頼完了ということで」

「あとはお主のカツラが残っておるわぃ」

「あ、忘れてた。というか、ウィッグと言え」

カツラって言われると、俺の髪が寂しいみたいじゃないか。

前世では多少気になる状況ではあったが、決して乏しくはなかったはずだ。


その後、騎士隊長を伴い、俺はセシルとライカと共に図書館に向かうことにした。

ついでに兵士を四人貸してもらい、こちらが指定するポイントで待機してもらっていた。

これは今日の目的のために必要な人材だった。

ちなみにライカも一緒に連れてきたのは、彼女も狙われている可能性があるからだ。

どこから聞き付けたのか分からないが、家が焼かれたとライカが証言しているので、彼女も狙われている証拠だ。

「うぬぅ。せっかく楽しく開発にいそしんでいたというのに、図書館巡りなんぞ楽しくないわぃ」

「そう言うな。未知の知識に出会える可能性もあるじゃないか？」

「この街の図書館の本はたいていい読みつくしておるんじゃ」

「それはそれですげぇな」

カツラと町娘の服を纏《まと》い、俺はセシルと共に道を歩く。

ライカは子供用のワンピースを着ており、往来に馴染《なじ》んでいるが、問題になるのはセシルの侍女服だった。

仕事ならばこの服は外せないと、彼女は頻繁にこの侍女服を身に纏う。

頑丈で仕立てのいいその服は、どこか薄汚れた感のある住民たちとは、一線を画する品があった。

おかげで彼女だけが妙に視線を集める結果となっている。

「なぁ、セシル」

「なんです、リンドーさん？」

「その服はやっぱり目立つんじゃないか？」

「ですが、この服を着ているとごろつきに絡まれないんですよ」

ウィマー家の証《あかし》でもある侍女服は、この領都でも知れ渡っている。

元々治安が良い上に、この服で周囲を威嚇していれば、絡もうとする者も少ないだろう。

確かにセシルが単独で街を歩くにはいい服装かもしれない。ただし、『単独』でなら。

しかし今回は俺たちがいる。町娘の衣装に身を包んでいるが、明らかに場違いな美貌を持つセラと、十にも満たない幼さに見えながら理知的な雰囲気を持つライカ。

そんな二人を侍女服を着たセシルが引き連れているとなると、目立つことこの上ない。

刺客に狙われているであろう現状、不必要に目立つ状況というのは避けたかった。

もっとも、全く目立たないというのも、それはそれで問題ではあるのだが。

「まぁ、図書館までは大通りを通るから、狙われることはないだろうけど」

「っていうか、狙われないようにしてください」

「その可能性を考えて、隊長さんについてきてもらってるんだけど」

俺たちから少し離れた場所を、騎士隊長がついてきている。

本人は目立っていないつもりなのだろうけど、その巨体は何を着ていても目立つ。

身体強化の魔術が存在するこの世界では、見た目というのは強さに直結するものではない。

その証拠に、ウィマー家の騎士団の隊員たちは、ほぼ全員が細マッチョというべき体型であり、隊長ほどの恵体を持つ者はほかにいない。

魔力による強化が高ければ、肉体的不利は覆せるのがこの世界だ。

大きな身体《からだ》はむしろ的を大きくする結果になってしまう。

かといって、細身過ぎると持久力に欠ける。結果、騎士たちのような細マッチョ体型へと最適化されていったと思われる。

というわけで、この隊長は非常に例外的であり、それ故に目立っていた。

「あ、あれはあれで、いい目印になるんじゃないかな？」

「そうですか？　あ、図書館が見えてきましたよ」

俺との会話を打ち切り、セシルは前方に見えてきた大きな建物を指さす。

まるで神殿のようにも見えるそれが、領都が誇る図書館だ。そこに本日の目的がある。

「よし、じゃあさっそく調べものと行こうか」

「はい。私は入館料を払ってきますね」

前世と違い、この世界で本はそれなりに価値がある。そんな本を大量に所蔵しているのだから、立ち入るにはそれなりの寄付や、身元証明が必要になる。

そのための手続きをセシルがやってくれていた。

勝手を知らない俺なら、まず間違いなくそのまま中に入ろうとしていたことだろう。

図書館の中に入った俺は、さっそく植物関連の本を掻《か》き集めた。

ちなみにライカは錬金術関連の棚に足を向けており、こちらに協力する気はないらしい。

それはそれで少し寂しい気分になるが、こちらも彼女が手伝ってくれるとは思っていない。

彼女はあらゆる意味で、自由奔放だ。

「こちらも植物関連の図鑑になりますけど、こんなに読まれるんですか？」

「まぁ、読むのも仕事のうちだったから、安心して」

刑事といえば、現場百回で張り込みをしたり犯人を追いかけたりするシーンを思い浮かべるかもしれないが、実際のところは資料を読んだり、連絡事項を読んだり報告書を書いたりと、書類仕事の方が多いくらいだった。

これらの書類仕事をこなせないようでは、公僕という仕事には就けない。

「目的としているのは菌糸類。白くて黒い筋の入ったキノコの絵があったら、俺に報告して」

「分かりました。では、私はこっちの山から手を付けますね」

さすがウィマー領最大の図書館というだけあって、植物関連の資料は大量に存在した。

しかも古いものだと記述が曖昧だったり、間違っていたりするため、目的のものを見付けるまでかなり時間がかかってしまった。

「あった、これだ。でも少し効果が違うな？」

「これ、毒キノコですよ。リンドーさんのところでは違うんです？」

「いや、俺たちの世界でも、毒キノコだったよ。でも、こっちの方が毒性は強いみたいだ」

くすんだ白い傘に黒い縦の線が入ったキノコ。日本では一夜茸《ヒトヨタケ》と呼ばれるキノコ。

それが図鑑に掲載されていた。

「多分、これがセラに盛られた毒だよ」

「えっ、でも昼食にはキノコは入っていませんでしたよ!?」

「このキノコは、単体では毒にならないんだ。これを口にしても平気だった事例があるんじゃないか？」

「そういえば、そんな話も聞いた気がしないでもないですけど……でも、平気だった人もしばらくしたら倒れたって話でしたよ」

「うん。そのしばらくしたらってところが、今回の事件の核心だったんだ」

一夜茸はアルコールに反応し、アセトアルデヒドという毒素の分解を阻み、肝機能障害を引き起こす。

こちらの一夜茸は『コリント』と呼ばれているらしく、その毒性はさらに強いらしい。

肝機能障害を起こした結果、急性アルコール中毒を引き起こすのが一夜茸なのだが、コリントはアルコールと反応することで率先して毒素をばらまく性質らしい。

これは逆にいえば、アルコールを口にしなければ、毒素をばらまかないということでもある。

この世界では、水の保存に酒を少量水に混ぜる風習がある。

その酒にこの毒素が反応したのが、事件のあらましだろう。

それをセシルに説明してやると、彼女はさらに首をひねる。

「でも、だったらなぜ、すぐに毒殺しなかったんです？　その方が確実だと思うのですけど」

「そこは推測にしかならないが、この実行犯の性格だと思う」

「性格ですか？」

「ああ。ほら、この間の救護所の襲撃でも、隊長さんに撃退されたら、すぐに逃げ出しただろう？　おそらく奴《やつ》は、非常に安全策を取りたがる性格なんだと思う」

「毒殺を遅らせることが、安全策なのです？」

「俺……というか、セラの記憶によると、食事にキノコが出たのは前日の夕食だ。この毒素は一日や二日では体内から抜けない。そこでコリントを盛られたとすれば、翌日の昼までに犯人は逃げる余裕ができる」

「その間にお酒を口にして、発症する可能性はあったんじゃないですか？」

セシルの疑問ももっともだ。しかしアルコールの摂取を制御できれば、確実に時間を稼ぐことができる。

「昼食の水に含まれたアルコールで発症したのなら、お部屋の水差しの水でも発症するかもしれませんよ」

「むしろそのくらいしか、摂取する可能性がないともいえる。水差しの水は一度沸騰させてアルコールを飛ばしておけば、発症を抑えることができる」

「翌朝の朝食に水を飲むかもしれないじゃないですか？」

「朝食の時はミルクを出されていた。ウィマー家の規模なら前日には朝食のメニューも決まっているんじゃないか？」

「まぁ、そうですね。じゃあ、昼食に水を飲まない可能性もあったのでは？」

セシルは次々と、反論をぶつけてくる。

しかしこれは、彼女が俺に反感を持っているわけではなく、疑問に感じた点を提示しているに過ぎない。

それだけ、彼女が事件について真剣に考えている証拠だろう。そう考えれば、むしろ好感が持てる。

「庭に出て昼食を摂《と》ったのは偶然だろうけど、夏のこの暑さだから熱い茶よりも水を口にする可能性は高かったはず。朝にミルクを口にしていたのなら、昼も同じ物を口にする可能性は少ない」

「それは確かに……」

毎日三食、同じ物を口にし続ける者もいないわけではない。

しかしセラにその習性はなく、厨房《ちゆうぼう》に出入りしていれば、その辺りの嗜好《しこう》についても把握できたはずだ。

「救護所での襲撃を見ても、この犯人は殺害目的よりも身の安全を確保したがる傾向が見て取れる。発症の時間をずらし、その間に身を隠す可能性は非常に高いと思う」

「確かにその可能性はあるかもしれませんね。でも証拠は……」

「ヘルマンはセラの毒殺未遂が判明した際に、屋敷の出入りを禁止している。ゴミの処理も同様に止まっているんじゃないか？」

「でももう半月も経《た》ってますよ。生ゴミは腐ってます」

「うーん……確かに物証を手に入れるのは難しいかもなぁ。まぁ、そう考えて手を打っていたわけだけど」

「え？」

証拠であるコリントは、ちょっとした森の中に入れば比較的安易に手に入れることができる。

この領都の周辺でも、その気になれば入手できるだろう。

それに本人が採りに行かなくても、誰かに頼めば秘密裏に入手することはできるはずだ。

「それなら薬屋に行けば、分かるかもしれんぞ。ちょっとアヤシイ薬屋ならいくつか心当たりがある」

そこへ救いの手を差し伸べてきたのは、錬金術の棚に向かっていたライカだった。

いつの間に戻ってきたのか、俺たちの会話を聞いていたらしい。

「心当たりがあるのか⁉」

「錬金術師などやっておると、いろいろと危険な薬も扱うことになるからのぅ。もちろんそういった伝手《つて》はワシも持っておる」

ドヤとばかりに胸を張るライカ。見た目だけならその仕草は非常に愛らしい。言葉の内容も相まって、俺には彼女が天使に見えたくらいだ。

「紹介してくれ！　犯人は厨房にもぐり込んでいたから、自分で採りに行く時間があったとは考えにくい。外部の協力者がいたはずだ」

俺の言葉を受け、ライカは図書館の受付カウンターから一枚のメモ用紙を貰《もら》ってきて、そこに紹介文を記してくれた。

はっきり言って、こんな適当な紹介文でいいのかと思わなくもないが、この世界ではこれが常識なのかもしれないと思い直す。

ともあれ、この情報はありがたかった。この後、ヤボ用を済ませてから向かうとしよう。


毒を特定した後、俺たち四人は図書館を後にした。

玄関を出たところで足を止め、セシルが期待に満ちた目で俺を見る。

「リンドーさん。次はその薬屋さんに向かうのですね？」

「いや、その前に目的を果たすとしよう。その方が、薬屋も確認しやすいだろ」

「リン……いえ、お嬢様、それでは手間がかかりませんか？」

セシルが俺の名前を呼び直したのは、護衛の騎士隊長がこちらに近付いてきたからだ。

脳筋の彼は、図書館での調べものには参加せず、建物の周辺を警戒して回っていた。

出てきた俺たちを見て、再びそばでの警護に当たることにしたのだろう。

しかしそれはそれで、好都合といえた。

「隊長さん、こちらのメモを父に渡してください」

「え？　しかしそれでは警護の者が……」

「人通りの多い場所を通って帰りますから、平気ですよ」

彼に渡したメモには、コリントについて書かれた情報が記してある。

これを見れば、コリントがセラの毒殺に使われたと思い至れるだろう。

「し、しかし……」

「ことは一刻を争います。毒の正体が分かっていない今、父も兄も、その危険に晒《さら》されているんです」

「そ、それは確かに――!?」

俺の言葉に、実直な彼は危機感を募らせる。しかし目の前の俺たちも放置できないとあって、板挟みの状況に陥っていた。

しかしこのまま彼が張り付いている状況というのは、よろしくない。

今日の目的は毒の判別と、もう一つ……犯人を釣り出す目的があったからだ。

襲撃をかけてきた男は、前回騎士隊長と一戦交えた後、速やかに撤退している。

セラの毒殺を試みた際も、自分が逃亡する余裕を確保していた。

それらの行動から見るに、実行犯の男は非常に堅実で、しかも慎重な男だ。

目的の達成よりも、自分の安全を優先する。そんな男が、強敵と認識した騎士隊長がいる時に襲撃をかけるだろうか？　いや、ない。

「あなたは誰に仕えているんです？」

「そ、それはもちろん、ヘルマン様です！」

「その主君が危機に瀕《ひん》しているという時に、こんなところで油を売っていても大丈夫なのですか？」

「そ、それは——」

「私たちは大丈夫です。セシルもいますし、ライカもいる。それに兵士を四人、お借りしたでしょう？」

「それはそうですが……彼らはどこに行ったんです？」

「ナイショです♪」

ここへ来る前に、騎士隊長からは兵士を四人借りていた。

彼らはすでに、俺の指示したポイントで待機してもらっている。敵に気付かれないように、俺の動きに応じて護衛するのではなく、待ち伏せる形にしていた。

それを騎士隊長に知られないようにするため、口元に指を立て、少し媚《こ》びるような態度を取ってみせる。

こんな仕草は、前世の俺ではとても見せられない。セラの身体《からだ》だからこそ威力を発揮する仕草だった。

それを理解した上での行動であり、その威力は効果抜群だった。

騎士隊長は年甲斐《としがい》もなく頬を染め、グッと息を呑《の》む仕草をした後、『了解しました』と敬礼一つ残してその場を去っていった。

ここを敵に見られていたらどうするつもりだと思わなくもないが、立ち去った場面が強調されたのだから、良しとしよう。


俺はセシルとライカを引き連れ、大通りから一つ入った路地に向かう。

その路地は入った後、左に一度、右に一度曲がって別の通りに出る路地だ。

途中に民家の出入り口もなく、窓もない。言ってしまえば、完全に逃げ場のない場所。

ここで狙わない襲撃者はいない。

セシルとライカも、それは把握しており、いつもどこかトボケた雰囲気を漂わせるライカですら、緊張した面持ちで周囲を窺《うかが》っていた。

そしてそんな俺たちの予想を裏切らず、目の前に一人の男が立ち塞がる。

「短い路地を抜けるだけなら、平気だと油断したか？」

男は聞き覚えのある掠《かす》れた声で、俺にそう告げてきた。

どこか嘲るような声。貴族の箱入り娘の浅はかな行動とみなされたのかもしれない。

「それとも、その娘がいれば安全だと勘違いしたか？」

男の視線は、俺の隣にいるセシルに向けられている。

彼女は身の丈を超える鉄の塊……つまり『銃』を抱えており、それを棍《こん》のように構えていた。

これは近距離では銃を撃つより棍棒《こんぼう》のように扱った方がマシという判断だ。頑丈な鉄の塊である『銃』は鈍器としても充分な威力を発揮できる。

暴発が心配だが、これは弾倉を付けていない状況なら問題にはならない。

そう考えてのセシルの行動だったが、男の言う通り、彼女一人では男の相手は務まらないだろう。

「そこまで楽観視はしていない」

俺は言葉少なく、男に返す。実際、こうしてゆっくりと対峙《たいじ》してみると、男の強さというモノが伝わってくる。

隙のない立ち姿は、どこか武道の達人を思わせ、昨日今日付け焼き刃の武術を学んだだけのセシルでは、敵《かな》わないことが理解できる。

前回彼女が、男を相手に善戦できたのは、あくまでも不意を突いたからだ。

この狭い路地では後ろにしか逃げ場はない。正面を突破するのは難しい。そう判断して一歩俺は後退《あとずさ》る。

すると俺の尻に、ライカの背中が衝突した。

「ライカ？」

正面に強敵がいるというのに、背中を向けている彼女に違和感を覚え、俺は彼女を振り返る。

すると彼女は背後に厳しい視線を向け、何かの魔道具を手に警戒態勢を取っていた。

その視線を辿ると、背後を塞ぐように、一人の男が立ちはだかっていた。

「仲間、か？」

「別に一人で襲わねばならない理由もないしな」

「つくづく慎重な野郎だな」

まさかここで、助《すけ》っ人《と》を連れてくるとは思わなかった。この手のプロは、自分一人で行動するものだというのが、俺の考えだったからだ。

しかし俺の方も、無策で突っ込んできたわけではない。

襲撃者たちの背後に、前後二人ずつの男が姿を現す。

彼らは騎士団から借りてきた騎士であり、民衆に紛れるように粗末な服を着ている。

もちろん、剣など持ち歩けるはずもないので、頑丈な木の棒を手にしていた。

「なに？」

「これまで、襲撃できるポイントはここしかなかったんだろう？　ならここに伏兵を置いておくのは当然じゃないか」

「バカな。怪しい者はいなかったはず」

「二時間以上前から配置していたからな」

正確には俺たちが屋敷を出た直後からだ。その間、このポイントでひたすら待ち続けた彼らの忍耐力には、頭が下がる。

「これで四対二。セシルとライカも参加すれば、六対二か？」

「………………」

「投降してこちらの質問に答えるなら、情状酌量の余地はあるぞ」

「じょ、じょうじょう？」

こちらには情状酌量という言葉はなかったか。意味不明な言葉をかけられ一瞬動きを止めた男に、俺は再度言葉をかける。

「あー、毒を仕入れた先や、誰に依頼されたかを話すと、罰を軽くしてくれるかもしれない……かな？」

「さすがにそれをあっさりバラしちゃ、暗殺者としてやっていけないんだが」

「まぁ黙っていても、大体目星は付いているから、困りはしない。お前たちが無駄に拷問を受けるだけだな」

「ご、拷問⁉」

拷問と聞いて、背後を塞いでいた男が狼狽《ろうばい》した声を上げる。

雇われの雇われという身で、拷問を受けるとなれば、正気ではいられないだろう。

「お嬢さん、勘弁してくれ！　俺ぁ、小娘を痛め付けるだけだって聞いたから、仕事を受けたんだ⁉」

「そんな事情は知らない。公爵家を害そうとしたのだから、簡単に死ねるとは思わないで欲しい」

「公爵家だって⁉　まさかウィマーのお屋敷の――」

「私の名前はセラ・ウィマー。この名を聞いて、この場から無事に逃げ延びれると思わないことだね」

「そんな……そんなぁ……」

泣きそうな顔でもう一人の男に視線を向ける男。その視線を受け、正面の男も肩を竦《すく》めてみせた。

「ああ、負けだ負けだ。完全に俺の負け。全部ぶちまけちまうから、手心を加えてくれ」

男は素直に負けを認め、両手を上げて降参の意を示す。

それを見て、騎士たちは即座に男を拘束しにかかった。

騎士たちは素直に降参した男に半信半疑の様子だったが、俺としてはこの展開は予想できていた。

男は自分の安全を何より優先する性格だ。普通の刺客ならば、ここで『刺し違えてでも』と考えてもおかしくはない。

しかし、この男は自分の命を優先する、ある意味分かりやすい思考をしている。

ここで捕まってしまえば、残る道は拷問から死刑。抵抗したとて、騎士四人に袋叩《ふくろだた》きに遭い、命を落とす可能性が高い。

逃げ場のないこの場所では、逃亡もままならない。

拘束された男たちの前に立ち、俺は録音機のスイッチを入れて尋問を開始した。

「よし、じゃあまず毒に関してだけど……」

「ああ、そりゃコリントの毒だな。前日の料理に仕込んでおいた。メニューをいじって翌日に効果が出るように調整したんだ」

「やっぱりな」

「知ってたのかよ。ちなみに入手先はここから近いハーゲンの店だ」

その店の名は、ライカから知らされた店の名と一致する。

「やっぱりそこじゃったか」

「この街は毒の扱いに厳しいからな。分けてくれる店は数が限られている。嬢ちゃんもよく知っていたな？」

「当然じゃ」

ライカの言葉を受け、男は感心した目を向ける。

俺は次に、核心に迫る質問を口にした。

「それじゃ、次。お前に依頼を出した男の名は？」

この質問に、男はピクリと眉を跳ね上げる。

俺の質問の真意を測りかねた結果だろう。それを確認するかのように、俺へ問い返してきた。

「お嬢ちゃん。あんた今、『男』って言ったよな？」

「ああ言ったとも。さっきも言っただろう？　目星は付いていると」

「なら、俺が答える意味ねぇじゃねぇか」

「いや、あるね。俺――私が『推測』したこととお前が口にした『事実』では、内容の重さが違う」

刑事の推理と容疑者の自供。裁判でどちらが重く取られるかは、言うまでもない。

もちろん自供が常に正しいとは限らないとしても、自供の持つ重さは変わらない。

「ハァ、分かったよ。まったく末恐ろしいご令嬢だぜ。俺に依頼を出したのは……アントニオ・ウィマーだ」

「な、なんですって⁉」

男の言葉に、セシルが驚愕《きょうがく》の声を上げた。それは彼を拘束している騎士たちも同じだ。

この場で狼狽していないのは、自供した男本人と俺、そして事情を知らないライカだけだろう。

「そんなバカな！　アントニオ様がセラ様を狙うはずがありません。何より理由がない！」

「理由なんて俺が知るかよ。お偉いさんにゃあ、俺らが理解できないような苦悩があるんだろうよ」

「嘘《うそ》です！　お嬢様も何か言ってやって……」

セシルの言葉はそこで止まる。俺が男の言葉に全く動揺していないと知ったからだ。

それは男にも伝わっていたようで、『やはり』といった表情をしていた。

「お嬢ちゃんは知っていたってわけか。なぜだ？」

「お前の段取りが良過ぎたからだよ。ライカの家が燃えた日、私たちがライカの家に向かうと知っていたのは、あの時食堂にいた五人とその使用人だけだ」

ライカの家が燃えたと報告を受け、その場に向かうと宣言した時、そこには家族五人と給仕のために控えていた使用人しかいなかった。

使用人たちはその後、それぞれの仕事に就き、外部のこの男と接触を取ることはできなかっただろう。

そしてヘルマンとリチャードの二人は一緒に行動していたため、これも無理。

ノーラも一人ではあったが、屋敷の外部と接触する機会はなかったはずだ。

そうなると残る容疑者は一人だけとなる。つまり、現場指揮に出たアントニオだけ。

俺がそれをセシルに説明してやると、彼女は言葉を失い、その場に膝をついた。

それほどまでに、その事実がショックだったのだろう。

彼女にとって、身柄を引き取ってくれたウィマー家の人々は仲睦《むつ》まじく、理想の家族に見えていたからだ。

「嘘、です……そんなの……」

「まだ動機までは分からない。でもそれも、いずれ直接聞けば分かると思う」

「でも、そんな……」

いまだ言葉を失い、『でも』と繰り返すセシル。

そんな彼女を半ば強引に立たせ、俺は騎士たちに緘口令《かんこうれい》を敷く。

「ここで聞いたことは他言無用です。もし他の者に漏れた場合、厳罰に処します」

「は、ハッ！」

慌てて体裁を整えるべく、敬礼してみせる騎士たち。しかしその表情はやはり驚きに満ちている。

俺はそんな彼らに溜《た》め息《いき》を吐《つ》いてから、セシルを連れて屋敷への帰路についた。

このまま襲撃者をヘルマンに引き渡し、アントニオから事件の動機を聞き出せば、全ては解決……と思いきや、ことはそう簡単に終わらなかった。

もちろん証言だけでは証拠として不十分なので、襲撃者の男を囮《おとり》にし、アントニオが接触してきた場面を写真に撮れば、それが証拠となる。

ついでに会話を録音できれば、もはや逃げ道はないだろう。

これらの魔道具は、まだこの世界に存在しない物のため、アントニオが警戒することもないはず。

ことは非常に簡単に済むはずだった。その時が来るまでは。

「セラ様？」

屋敷への帰路、唐突に足を止めた俺を振り返り、怪訝《けげん》な表情で尋ねてくるセシル。

そのセシルの声は俺に届いているし、理解もできたが、セラの身体《からだ》はピクリとも反応を返さなかった。

まるで、思考と身体が完全に隔離されたかのように。

動けと意識を集中させても、指一本動かせない。

そんな状況が何十秒か続き、セシルが俺の袖を引いて反応を得ようとする。

襲撃者を連行していた騎士たちも異変を察知し、俺の周辺に集まってきた。

しかし彼らはセシルほど親しい間柄ではない。直接体に触れていいか迷っている間に
……唐突に意識が途切れ、俺の視界は闇に染まってしまったのだった。


「――様、セラ――様――」

小さくセラの名を呼びかける声が聞こえてくる。

意識は闇の中にたゆたうように漂い、拡散し、収束しない。

まるでタバコの煙のようにゆらゆらと千々に乱れ、薄まっていく。

そんな意識を微《かす》かな呼び声が引き止め、かろうじて意識を纏《まと》め上げることができた。

「……うぅ……」

「セラ様、目を覚ましたのですか？」

「お、ようやく目を覚ましたか。この寝坊助《ねぼすけ》め」

不安げな声をかけてきたのは、いうまでもなくセシル。そして悪態で返してきたのは、ライカだった。

うっすらと目を開けると、最近ではすっかり見慣れた天蓋が目に入ってくる。

どうやらここは、セラの自室のようだった。

「俺は……どうなったんだ？」

「路上で急に意識を失って倒れたんです。幸い騎士さんが一緒だったから、運んでもらうことができましたが」

「それは……迷惑、かけちゃったな」

身体を起こそうとしたところを、セシルに制止されてしまう。

ライカもその邪魔はしないところを見ると、俺はかなり衰弱しているのではないだろうか？

「もう一度聞くけど、俺はどうなったんだ？」

「私には分かりませんけど、今は安静にしていた方がいいかと。お医者様はどこも異常はないとおっしゃっていました」

「そりゃそうだろう。これは身体の不調などではないからのぅ」

割り込んできたライカの言葉に、俺たちはいっせいに彼女に視線を向ける。

ライカはその視線の圧を受け、思わず半歩後退《あとずさ》った。

「ライカ。何か分かっているなら、教えてくれないか？」

「あー、うん。まぁ、そんな難しい話じゃないんじゃよ」

そう前置きすると、ライカはまるで講義のように指を立て、それを振りながら話を進めていった。

「そもそも、今のお主の状況というのが異常なのは、理解しておるな？」

「そりゃ、まぁ」

「セラ嬢は自身の死を回避するために、自らの意識を手放して回復に専念しておった。そしてその間自分を守る存在として、リンドー、お主を招き入れたと推測される」

「ああ。そんな話だったな」

「ならば、今の状況を振り返ってみぃ。身体は快復し、騎士の訓練に顔を出せるほどになっておる」

「そうだな。速攻でリタイヤしたけど」

「事件の方はどうじゃ？　真犯人が判明し、攻守は完全に逆転した。あとはアントニオを捕らえ、事情を聞き出すだけじゃ」

「そう……だな？」

「なら、セラ嬢ちゃんがお主に身体を預ける理由が、どこにある？」

「あっ!?」

ライカの言う通り、セラの身体が快復し、真犯人が判明した以上、彼女の身が危険に晒《さら》される可能性はほぼなくなった。

ならばセラが身体を取り戻しても、問題はない。

「つまり、セラが目覚めようとしている、と？」

「おそらくな」

「セラ様が!?」

ライカの推測に、セシルは目を輝かせて喜びを表明する。

しかしライカはそれを冷ややかな目で見やり、嘆息した。

「セシルよ。お主は分かっておるのか？　セラが戻ってくるということは、リンドーが消えるということじゃぞ」

「……えっ？」

一つの身体に二つの意識は同居できない。いや、多重人格という形で同居することはできるが、俺は彼女にとって明らかな異物だ。

間借りしている身としては、セラが出て行けと思えば、それに従わざるを得ない。

セラが目覚めれば、俺の意識は消えてしまうことは間違いない。

「そ、それは……」

セシルの気持ちも分からなくはない。彼女にとって、セラはかけがえのない主人だ。アントニオがこんなことになってしまっただけに、残されたウィマー家の人間は、なおさら大事に感じているだろう。

その主人であるセラが帰ってくるのなら、これほど嬉《うれ》しいことはないに違いない。

しかし同時に、それは俺という人格の消失を意味する。

今のセラのように、主人格の陰に隠れるだけかもしれないが、今のように気軽に話せなくなることは間違いない。

「その、リンドーさんと会えなくなるのは確かに寂しいですけど……」

「いいさ。気持ちは分かる」

寂しいと言ってくれるだけ、彼女が懐いてくれたのは、俺としても嬉しい限りだ。

　だからといって、主君の帰還を喜ばないわけにはいかないし、それができないなら従者失格だ。

「ワシとしても、リンドーが消えるのは寂しい限りじゃ。どうにかならんモノかのぅ？」

「お前の場合は俺の知識が目当てだろ」

「てへぺろ」

　愛らしく舌など出してみせるが、その内容が非常に憎たらしい。セシルとは全く逆である。

「とにかく、俺が消えるのはいわば予定調和だ。予想より早くなったのは想定外だが」

「そんなこと言わないでください。リンドーさんと会えなくなるのは、私も寂しいですから」

「セシルはいい子だなぁ」

「ワシも寂しいぞ」

「お前はもうちょっと下心を隠せ」

　ともあれ、俺に残された時間はあまり多くないらしい。

　いきなり突然意識が消えるのではなく、こうして予兆が出てくれる分、ありがたいと思おう。

それまでにやるべきことが、まだ残っていると再確認できたのだから。

「それじゃ……ん？」

次にやらねばならないことを再確認しようとした時、廊下の方で地響きのような音が聞こえてきた。

地響きのような足音というべきだろうか。その音はセラの部屋の前で止まり、ノックの音すらさせず扉が叩《たた》き開けられた。

「セラ様あぁぁぁぁっ！　ご、ごぶ、ご無事、ごぶぶぶ」

「落ち着け、あとゴブって言うな」

言いたいことは理解できるが、ゴブを連呼されると、この世界の魔獣であるゴブリンを思い浮かべてしまう。

前世の俺ならそう罵倒されても仕方ないと思えるが、さすがにセラ相手にそれはかわいそうである。

「隊長さん、お嬢様のお部屋にノックもしないで。失礼ですよ！」

「こ、これは申し訳ない！」

小さなセシルが、二メートル近い体格を持つ巨漢の隊長に説教している。

その光景はどうにも滑稽で、そして微笑《ほほえ》ましい。

「お嬢様、失礼をいたしました。取り乱してしまい、申し訳ない」

「いえ、私を心配してのことですから、今回は不問とします」

「ありがとうございます。それにしても襲撃を受け、倒れたと聞いて冷や汗が流れました」

「あー……」

　確かに襲撃もあり、俺が倒れたのも事実だ。この二つの事実を並べると、非常に切迫した事態に感じられる。

　実際のところは、襲撃された後しばらくしてから倒れたので、それらに関連性はない。

「心配をかけましたね。ですが別に、襲撃されたから倒れたというわけじゃないのです」

　できる限り、お嬢様らしい口調を心掛け、心配をかけたことを詫《わ》びる。

　とはいえ、先ほどぶっきらぼうな前世の口調で話しかけてしまったので、いまさらなのかもしれない。

「そうでしたか。ですが、私を屋敷に帰した後でこのような事件が起きてしまい、本当に生きた心地がしませんでした」

「別にあなたを帰したのは私の命なのですから、あなたが咎《とが》められることはないでしょう？」

「それでもお嬢様が傷付けられたとなれば、護衛の者の責任となるのです。努々《ゆめゆめ》、お忘れなさいませんよう」

「ええ、少し軽率でしたね。ですが目論見《もくろみ》通り襲撃者は捕まえることができましたので」

「そういう目的があったのなら、私にも一言あってしかるべきだったのでは？」

「隊長さんは隠し事ができない御仁と見受けられましたので」

「それは褒められているのでしょうか？」

平時であるならば、嘘《うそ》がつけない正直な人格というのは、誇るべき長所となる。

しかし捜査をするとなると、それは長所となりえない。かといって、彼が無能というわけではない。

人にはそれぞれ、得手不得手がある。彼には隠し事をするより、純粋な武力面で期待している。そちらで功績を立ててくれればいい。

「もちろんですよ。ところでさすがに私も少し恥ずかしいのですが？」

今の俺はベッドの上で横たわったまま話している。

髪の毛は四方に散らばり、ぼさぼさと言ってもいい有様である。

肩口で切り揃《そろ》えたとはいえ、さすがにまとまりがない髪型は、女性としてはしたないだろう。

「これは失礼しました。心配のあまり、ご無礼を重ねてしまいました」

「その心根は嬉しく思いますよ」

恐縮する騎士隊長があまりにも不憫《ふびん》に思え、慰めるように笑みを送る。

それを目にした隊長は一瞬硬直し、そして紅潮した。

「じ、自分はこれで失礼します！」

そしてぎくしゃくとした動作でセラの部屋を出ていった。

ドアを閉めることすら忘れているようで、開けっ放しのままだ。

それをセシルが閉めてから、俺の方に少し怒ったような表情を向けてくる。

「リンドーさん」

「は、はい？」

妙に迫力のある声をかけられ、俺は思わず身を強張らせる。

ぷっくりと膨れた頬は傍《はた》から見れば可愛《かわい》いのだが、それだけに据わった視線が迫力がある。

「セラ様の笑顔は最終兵器なのですから、むやみに振りまくのはやめてください」

「お、おう」

「具体的に言うと私以外には向けないように」

「無茶苦茶言ってる!?」

「ヘルマン様やご家族の方々にになら、許して差し上げます」

「さらに無茶苦茶じゃないか」

「お主も大変じゃの」

「他人事《ひとごと》みたいに言うなよ！」

のんきに椅子に座って鼻をほじっているライカにそう言い捨てつつも、彼女のためにいくつかのアイデアを残しておこうと考える。

これまでも手錠に銃、カメラに録音機と作ってもらったが、彼女の技術なら他にも作れる物があるはずだ。

世界を変えるような危険な発明品を残すのは怖いが、ちょっと便利になるアイデアなら問題はないだろう。

例えば冷蔵庫や洗濯機、エアコンといった白物家電三種の神器のような物は、この世界には見受けられない。

この世界には魔術というモノがあるが、それらはエネルギーの操作という点に特化しており、漫画やおとぎ話で聞くような便利なものではないらしい。

逆にいえば電気の代わりにエネルギーを操作する魔力を利用すれば、簡単に作れそうな気がする。特にライカならば。

「ま、やることもあるから、今日はこの辺で勘弁してくれ」

セシルが身体《からだ》を起こすことを許してくれないが、すでに体調は問題ない。

紙に書いて残しておけば、俺が消えた後もライカが有効活用してくれるだろう。

第五章　対峙する令嬢

　翌日、俺はライカとセシルを相手に打ち合わせを済ませ、屋敷から百メートルほど離れた森の中に来ていた。

　森の中でこの場所だけが、ぽっかりと木の茂みが存在しない。

　ある意味非常に目立つ場所であり、周囲に人目は存在しないという、密談にはもってこいの場所。

　そこで俺は動きやすい乗馬服に身を包み、呼び出した人物を待っていた。

　いつもなら室内用のドレスを身に纏《まと》っているのだが、今日は動きやすさを重視してこの服を選んでいる。

　肩口で切り揃《そろ》えていた髪も、さらに襟足でくくって邪魔にならないようにしていた。

　腰にはマインゴーシュを装備し、荒事も想定した服装だった。

　朝靄《あさもや》が漂う森の中で手持ち無沙汰になり、腰のポーチから二つの小箱を取り出す。

一つは紙巻きタバコが入った小箱、もう一つはライターの代わりになる火晶石が入っている。

この火晶石はライカが加工した物で、およそ一年に近い期間、百五十度近い熱を発し続けることができる。

この熱が他に伝わらないように断熱素材の小箱に入っているので一見するとオイルライターのようにも見える。

「ふぅ……やっぱこれがないとな」

タバコは前世で愛用していた。セラの身体に入ってからは自重していたが、やはり我慢というのはいずれ限界が来る。

とはいえ、彼女の肺をニコチンまみれにするのはさすがに忍びないので、深く吸い込みはせず、鼻腔《びこう》で風味を楽しむだけにとどめておく。

それだけでも、喫煙という欲求はしっかりと満たされていた。

日本でも喫煙者には厳しい情勢のため、こうして堂々と口にできるのは、ある意味幸せなのかもしれない。

この世界では葉巻かパイプがメインなので、こういった紙巻きタバコはほとんど出回らない。

これもライカに市販の葉を加工して作ってもらった物だ。

「ライカには頭が上がらないな」

彼女にはさまざまな道具を提供してもらった。他にも捜査の手伝いまでしてもらっている。

もちろん協力してもらったのは、彼女一人ではない。

セシルにも、騎士隊長にも、世話になりっぱなしだ。

そんなことを木に寄りかかりながら考えていく。こうして感傷に浸っているのも、俺の時間が少なくなっているからかもしれない。

「お前がタバコなんて珍しいこともあるものだ」

「アントニオ……兄さん？」

そこにやってきたのは、事件の真犯人と思《おぼ》しきアントニオだった。

いや、やってきたというより、呼び出されたという方が正しいか？　もちろん、呼び出したのは、俺だ。

「何の用だ？　それにしても、護衛の騎士くらい連れてくるものだろう？」

「聞きたい話があったから。それに他の人には聞かれたくないでしょう？」

襲撃者の男が捕縛されたのは、すでに屋敷中に知れ渡っている。

アントニオにもそれは知らされており、男の口から彼の名前が出ることは時間の問題となっていた。

俺もアントニオが捕縛される前に話が聞きたいと思い、翌朝の早い時間に、人目の少ない森の中に呼び出したというわけだ。

「聞きたいこととは？」

「なぜ、こんなことをしてしまったのか」

タバコを足元に落とし、踏み消しながら単刀直入に切り込んでいく。この期に及んで、余計な気遣いは必要ないだろう。

アントニオはそんな俺のぶっきらぼうな態度に肩を竦《すく》め、嘆息する。

「久し振りの妹との会話なのに、味気ないことだ」

「なら、なぜ毒殺なんて？」

「おいおい、証拠もないのに、ひどい言い草だ」

確かにまだ、襲撃者の男は尋問されていない。

そのせいで、彼はまだ自由でいられる。逃げるなら今のうちなのに、こうして顔を出したということは、もはや観念しているのかもしれない。

とはいえ、このままのらりくらりと時間を無駄にされるのは、俺の気が済まない。

襲撃者の声を録音した音声を再生し、それをアントニオに聞かせる。

「これは……？」

「過去の音声を保存し、再生する魔道具です。言い逃れはできませんよ」

「口の軽い奴《やつ》だな。いや、それも当然か」

「人選ミスでしたね。保身第一の男ですから」

俺の指摘に、アントニオは大きく息を吐《つ》く。この音声はいずれ、当主のヘルマンの耳にも入ることになる。

そうなれば彼の人生は破滅確定だ。

「もう一度聞きます。なぜ、こんなことを？」

「逆に聞き返して悪いが、なぜしないと思ったんだ？」

「え？」

唐突なアントニオの質問に、俺は本気で首を傾《かし》げそうになった。

そんな俺の様子に、アントニオは険しい表情を向けてくる。セラの記憶にはないほど、怒りに満ちた表情だった。

「リチャード兄さんはいずれ父さんの跡を継ぎ、ウィマー領の当主となるだろう」

「そうでしょうね」

「お前も、数年のうちに大公閣下に嫁ぐことになる」

「そうなる、でしょうね」

「五年……いや、十年先のことを考えたことはあるか？」

「……？」

　アントニオの質問に、俺は虚を突かれた気持ちになる。

　明日をも知れぬ身なのだから、そんな先のことなど考えたこともなかった。

「十年後、リチャード兄さんは公爵として君臨しているはずだ。貴族の務めとして嫁を貰い、子供もいるかもしれない」

「ええ、きっと良い人が来てくれるはずです」

　人格、才能、容姿、家柄。どれを取ってもリチャードは優秀の一言で済む。

　ウィマー家と繋《つな》がりを持ちたい者は山のようにいるし、そういった輩《やから》はリチャードのもとに押しかけてくるだろう。

「父は生きていれば悠々自適。死んでいたとしても、後顧の憂いはないだろうな。母さんもそれは一緒だ」

「………………」

「お前も、第三王子のもとに嫁ぎ、臣籍に下った殿下と共に、大公妃として領地を治めていくだろう」

「そうなるでしょうね」

「だが、俺はどうだ？」

そこまで言われ、ハッと気が付く。次男である彼は領地を継ぐことはできない。

爵位もリチャードが継ぐため、アントニオは正式な爵位を持つことはできないはずだ。

もちろん、公爵家の次男で、武に優れた俊英ともなれば、野に放置しておくはずもない。

おそらくは適当な役職を与えられ、新たな爵位を得ることも可能だろう。

しかしそれは、決してリチャードと並ぶ者ではない。

それに次男ということで公爵の予備という立場上、新たな領地を得ることも難しいだろう。

最短でも、リチャードに後継者ができてからということになる。

「兄さんに跡継ぎができるまで、俺はそれまで飼い殺しだ。その後のことになると、なおさら不透明になる」

「それは……」

「お前も大公妃となり、お前の子は公爵となる。俺はどれだけよくても侯爵止まり、下手《へた》をすれば伯爵……いや、士爵だってあり得る」

士爵とは、一種の名誉爵位であり、大公と同じく一代限りの爵位だ。

いくら武に優れていようとも、手柄を挙げることができなければ、評価されることはない。

隣国との情勢は緊迫しつつあるとはいえ、大規模な衝突はいまだ起きていない。手柄を立てる場がない以上、武人のアントニオの将来は明るくないはずだった。

「兄さんやお前に、俺は頭を下げて生きなければならない。俺だけならまだいい。俺に子供ができたなら、その子はお前たちの部下として、従者として生きていかねばならない」

「なら、養子にでもなんでも、手段はあったんじゃないですか⁉」

俺の口から迸《ほとばし》った言葉は、俺の意図していたものではなかった。

それはまるで、セラの感情が爆発したかのような悲痛な言葉だった。

「セラ。なら俺の跡は誰が継いでくれるんだ？」

「あっ⁉」

養子に出すということは、アントニオ・ウィマーの名が途絶えることに繋がる。

彼が求めるのは、ウィマー家の存続ではなく、自分の名を継がせることだ。ならば養子など、到底受け入れられないだろう。

「お前たちにへりくだる自分の子孫を想像した時、俺はどうしようもなく悲しい気持ちになったよ」

「そんなことは……」

「しない、させない。お前ならそう言うだろうね。だけど、それでは他の貴族に示しがつかない。外聞的にも絶対にやらねばならない時が来る」

「否定は……できません」

「だろ？　だから俺は、俺の領土が欲しくなったんだ」

「俺の、領土？」

「そう。このウィマー領を分裂させ、隣国を誘い込み、ここにカルド王国も、他国も手出しできない俺の領地を作りたくなった」

自分の国が欲しい。男ならそういう夢を見ることはあるだろう。ましてやこんな、剣と魔法が生きている世界なのだから。

立身出世も、やろうと思えばできる世界。だからこそ、彼はやろうとした。

しかし、それはそれで疑問が残る。

「それが私の毒殺と、どう繋がるというのです？」

「お前が死ねば、王家とウィマー家に確執ができる。王家はウィマー家を『我が子の婚約者を守れぬ家』と侮り、ウィマー家は俺が引っ掻《か》き回す。その混乱に他国が乗じてくれれば、状況は泥沼になる」

「その隙に、自分の賛同者を集め、ヘルマンお父様やリチャード兄さんを倒すと？」

「二人とも、こと武略に関してはあまり得意ではないからな。その可能性は少なからずある」

「上手《うま》くいくとは思えません。何より、王家が黙って見ているはずもない」

「お前が生きていれば、そうなっただろう。だがお前が死ねば、ことは領内の継承問題だけに収まる」

王家が干渉してくるには、国に関わる問題が必要になる。

アントニオがリチャードに反旗を翻すのは、継承問題のこじれだけで済まされる可能性があった。

だが、彼は他国を呼び込むとも宣言している。である以上、国軍を出してくる可能性は高い。

「国軍も、いずれは出てくるだろうな。だがそれまでに、俺はウィマー領を押さえてみせる。そうなれば国軍は迂闊《うかつ》に手出しできなくなる」

「だから、私が邪魔になったと」

「そういうことだ」

第三王子の婚約者がいるなら、国軍にとってはこれ以上ない大義名分となる。

ウィマー家の名を落とし、王家との亀裂を入れ、国軍介入の名分を消す。セラ一人消すだけで、これだけの効果を得られる。

野心を持つアントニオにしてみれば、狙わない手はないだろう。

「だが、お前が生き延び、刺客は捕まった。俺の名前が出るのも、もはや時間の問題だ。俺の反乱は、早くも幕を閉じたってわけだ」

言うが早いか、アントニオは剣を抜き放つ。その動きに一切の無駄がなく、彼がどれほど鍛錬を積んできたかが見て取れる。

「毒殺に耐え、事件を見抜き、解決し、俺の前にこうして立っている。お前は可愛《かわい》いだけではなく、運も良いらしい」

ジリッとこちらへ一歩近付く。それを見て、俺はマインゴーシュに手をかけた。

「戦う上で一番厄介な相手は、強い相手でも、頭の良い相手でもない。運の良い相手だよ」

こちらに切っ先を向け、血走った視線を向けてくる。追い詰められて、正常な判断が下せなくなったか？

目の前にいるのが殺害対象一人となれば、そういう判断に走る可能性はある。

「だが、俺がお前に直接手が下せないと思っているなら、大きな間違いだ！」

そう宣言すると、大きく振りかぶり、斬りかかってきた。

その動きはまるで演劇のように大きく、運動神経のあまり良くないセラの身体《からだ》でも、どうにか避《よ》けることができた。

これはアントニオの剣が未熟というわけではない。

この世界では身体強化の魔術が普及しており、耐久力もまた地球のそれを大きく上回っている。

そんな騎士たちが闊歩《かっぽ》する戦場において重要なのは、如何《いか》に一撃で大きなダメージを与えるかということ。

掠《かす》り傷《きず》程度では敵は止まらず、反撃で自分の命が危険に晒《さら》される。

だから一撃で相手を仕留め、狙った場所と違う場所に当たったとしても、身動きできなくなるほどのダメージを与えればいい。そんな考えのもとに編み出された剣術だ。

これは日本の剣道とは大きく異なる理念に基づいている。

「い、いきなり――!?」

「戦場では『始め』の合図はないんだぞ、セラ！」

俺の批判に律儀に答えを返してくるアントニオ。振り下ろされた剣はそのまま地面を跳ねるようにして、横に躱《かわ》したこちらを追尾してくる。

その剣を下からマインゴーシュで跳ね上げ、やり過ごす。

護拳に重い衝撃が伝わってきて、刃《やいば》ではなく護拳でかろうじて弾《はじ》き返せたことが伝わってくる。

これが普通の短剣だったなら、俺の指は千切れ飛んでいたはずだ。

頑丈なこの武器を用意してくれた騎士隊長には、感謝するしかない。

そういう余計なことを考えている間にも、アントニオの攻撃は続く。

身体強化された剣撃は非常に重く、セラの腕力では受け流すことが精一杯だ。

「くっ⁉」

さらにアントニオの持つ剣は騎士剣と呼ばれる、長剣よりさらに長く、重い代物だった。

隊長が譲ってくれたこのマインゴーシュでなかったら、とっくに真っ二つにされていたことだろう。

鎧《よろい》ごと、身体強化ごと敵を斬り捨てるための、重い連撃。それでも俺がアントニオの前に立ち続けられているのは、攻撃の初動が大きかったからだ。

これはアントニオに限ったことではなく、騎士たち全員に共通する癖でもある。

重い鎧や身体強化した相手に致命傷を与えるため、強く剣を振る。そのために動作は自然と大きくなり、剣道のような速度重視の立ち合いを経験していた俺にとっては、対応できる余裕となる。

「でやぁっ！」

振り下ろされるアントニオの剣にマインゴーシュを叩《たた》き付けるように打ち付け、反動を使って身体ごと剣の軌道から退避する。

その余裕のなさに、首筋に冷たい汗が流れる。

このペースではそれほど長くは持たないと、自分でも分かる。

しかし逃げるわけにはいかない。何より、背中を見せた瞬間に斬られる確信がある。

「しぶとい、なっ！」

「うひゃっ」

「騎士との特訓の成果か⁉」

「ひぇっ」

いささかみっともない悲鳴を上げつつ、アントニオの剣を避け続ける。

マインゴーシュがいかに強固といっても、身体強化から繰り出される騎士剣を受け止め続けられるほどではない。

今の俺にできることといえば、避けることと受け流すことだけだ。

アントニオのこの凶行については、ある程度予想はできていた。追い詰められた人間は、なにをするか分からない。

ましてや一対一という状況を作れば、こうなってもおかしくはなかっただろう。

この状況を想定して、いくつかの対処はすでに取ってある。

それはこの場に来る前のセシルたちとの打ち合わせで、準備済みだ。

「きたかっ⁉」

「甘い、そのような陽動に乗せられるものか！」

視界の隅で、微《かす》かに光を目にし、俺は思わず声を上げた。

しかしそれを、アントニオは陽動の罠《わな》と勘違いし、攻撃の手を緩めず追撃を加えてくる。

もちろん俺にも、そんなつもりは全くない。

これは、遠方から俺を襲うアントニオの姿を撮影したという合図だった。

戦いが始まる前のアントニオとの会話。この襲撃の映像。これだけあれば、彼に言い逃れの余地はない。

問題は、撮影が終了するまで俺が逃げ切れるかどうかという点だった。

セシルは最後まで反対していたが、物証がないという俺の言葉に渋々と了承してくれた。

なにより、彼女には別の役目がある。

「このっ！」

さらに勢いに乗って攻撃を続けるアントニオに、俺は防戦一方となる。

攻撃を受け流すマインゴーシュからも、みしみしと亀裂の入る嫌な音が響いてきた。

「もう、持たないか？」

手元から聞こえてくる破滅への音に、弱音が思わず口から洩《も》れる。

それを聞いてアントニオは勝利を確信した笑みを浮かべた。

「セラ、お前はよくやったよ。俺を相手に、これだけ持ちこたえるとは思わなかった」

「まだまだ、粘れるよ！」

「いや、お前が持ったとしても、その武器がもう持たんよ！」

首を狙う横薙《よこな》ぎの一撃が飛んでくる。

俺はそれを、アッパーカットの要領で下から弾き上げる。護拳の付いたマインゴーシュだからこそ、できる動きだ。

しかし、この防御が俺の命取りとなった。

ついにマインゴーシュが限界に達し、護拳部分が砕けて弾け飛ぶ。

さらに短剣部分も亀裂が入り、もはや受け流せるかも怪しい。

「終わり、だぁっ！」

裂帛《れっぱく》の気合と共に、勝利を確信して剣を振り上げるアントニオ。

しかし、絶体絶命の俺の前に滑り込んでくる人影がいた。

「遅いぞ！」

「わりぃ、見張りの目を掻《か》い潜るのに時間を取られた」

俺の罵声に、掠《かす》れた声が返ってくる。

いうまでもなく、先日俺……というかセラを襲撃してきた男の声だった。

この男はこのままでは死罪は免れない。公爵令嬢の暗殺を企《たくら》み、実行したということは、それほどの大罪だ。

その罪はたとえ素直に自白したとしても、逃れ得ぬものだろう。

しいていえば、拷問の末の苦痛に満ちた死か、ギロチンによる速やかな死かの違いしかない。

かといって逃亡を企んだ場合、死ぬまで騎士に追い回され、剣や槍《やり》でハリネズミのようにされて突き殺されてしまうだろう。

そこで俺は、この男に取引を持ち掛けた。

この男は保身を第一に考える男だ。もし生き延びる手段があるのなら、一も二もなく飛びつくはずだった。

その予想は的中し、男は俺の提案に乗ってきた。つまり、この局面で俺を救うために協力するという提案だ。

もちろん、この男はアントニオより弱い。

このまま戦っても、生き延びられる可能性は低い。しかしそれでも、ただ死を待つだけの獄中生活よりはマシなはずだ。

「お坊ちゃん、悪いな。俺の命のために負けてくれ！」

「ふ、ふざけるなよ、フリオ⁉」

なるほど、この男はフリオという名前だったのか。などと暢気《のんき》な感情を抱いてしまう。

それだけ、フリオの参戦に安堵《あんど》したというわけだ。

とはいえ、二人の戦闘をのんびり見ているわけにはいかない。

俺はすぐさまアントニオから距離を取るべく、後退する。

そんな俺を見て、アントニオはさらに怒りに火が付いたようだった。

「フリオ、どけと言っている！」

「すまんね、お坊ちゃん。ここでどいたら、俺が死んじまう」

だが、アントニオの腕前は騎士隊長を上回る。

騎士隊長に敵《かな》わないと判断して撤退したフリオが、ここで踏みとどまれるはずもなかった。

あっさりと剣を飛ばされ、脇腹に蹴りを受け、もんどり打って地面を転がされる。

地面に転がってせき込むフリオに、俺は思わず罵声を飛ばす。

「もうちょっと気張れよ、根性なし⁉」

「お嬢ちゃん、ひってぇ」

とはいえ、彼の参入で稼げたわずかな時間は、俺にとって貴重なものだ。

わずかに離れた距離を踏み込んでくる間にマインゴーシュを投げ捨て、体勢を整えて今度は逆にアントニオに向かって踏み込んでいく。

アントニオの剣撃を掻い潜り、一息に剣の間合いの、さらに内側へと踏み込む。

この踏み込みを生み出すためには、きちんと体勢を整える必要があったのだ。

「なにっ⁉」

まさか踏み込んでくるとは思っていなかったアントニオは、剣を振り下ろした体勢で硬直する。

そもそもこの間合いでは、剣で有効な攻撃を加えることはできない。

対して俺はというと、マインゴーシュを投げ捨てたおかげで完全な無手。

この状態でも打てる手は多数存在する。

剣を振り下ろして前のめりになった体勢。その手首を左手で押さえ、襟首を右手で引っ摑《つか》んで身体《からだ》を反転させる。

そして背中にアントニオを乗せるように引き寄せつつ、左足で足を払った。

いわゆる背負い投げだ。

「ぐはっ⁉」

小柄とはいえ、一メートル近い高さから地面に叩き付けられるアントニオ。

背中を強打して呼吸が止まり、悶《もだ》えるように地面を転がる。

柔道というのは、この世界でも通用する数少ない技術だと、俺は確信していた。

その理由として、まず無手での立ち合いがほとんど存在しないことだ。

酒場での喧嘩《けんか》ならともかく、命のやり取りがある場では、武器を持っていない状況というのが、この世界では考えられない。

その点柔道の投げ技は、この世界において未知の技術と言ってもいい。

「くっ、面妖な技を……」

呼吸を整え、立ち上がったアントニオに対し、俺はフリオの足を引っ摑んで距離を取っていた。

逃げるわけでもないこの行動に、アントニオは警戒を隠せない。

かといって、先ほどまでのようにがむしゃらに斬り込んでくるというわけでもない。

セラ――というか、俺を甘く見たせいで投げ飛ばされ、反撃を受けたことによる警戒心からだ。

しかしこれは、俺にとっては待ちわびていた、千載一遇のチャンスである。

「だが、もう同じ手は――」

警戒し、斬り込む姿勢ではなく、突きの構えを取るアントニオ。

確かに突きは攻撃後の隙が大きくなるが、回避という面では難しい攻撃だ。

アントニオの膂力《りょりょく》で突き込まれれば、避ける余裕もなければ受け止める技術もないだろう。

警戒したからこその選択。

構えを変え、動きを止めた状況。そして俺とフリオはアントニオから距離を取っている。

つまり――

「ぬっ？」

突如、パンと音がして、アントニオのそばの木の幹が弾ける。

何が起こったのか理解できず、思わず木の幹を凝視するアントニオ。

「ぐあっ!?」

次の瞬間、アントニオの右肩が唐突に弾けた。

　血飛沫《ちしぶき》が舞い、剣が少し離れた場所に落ちる。

　さらに数瞬してパンッと、乾いた破裂音が響き渡る。

「まだだ！」

　俺は人差し指を天に向けて掲げ、追撃を指示する。

　右肩を押さえるアントニオの、今度は左太ももから血飛沫が舞った。

「ガァァァァッ!?」

　雄叫《おたけ》びのような悲鳴を上げ、今度こそアントニオは地面に転がり、悶え苦しむ。

「な、何事だ、これは？」

「狙撃ですよ。ここまで上手《うま》くいくとは」

「伏兵を仕込んでいたのか――!?」

「捜査に当たる時は、必ず二人以上で。それが警察のルールだったので」

「けい、さつ？」

　聞き慣れない単語に、アントニオは疑問符を浮かべる。しかしそれに答えてやる義理はない。

　それにここは、屋敷から百メートルほど離れた森の広場。絶好の狙撃ポイントである。

　これを利用しない手はなかった。

そこで俺とアントニオは派手な立ち回りを行っていたわけだ。

戦闘の様子は屋敷からも、はっきりと見ることができただろう。

事実、屋敷の屋上で、セシルとライカはこちらをはっきりと目視していた。

セシルは銃を構え、伏せた体勢で。ライカは立ち上がって双眼鏡を構え、こちらを観測している。

これは狙撃手と観測手に分かれて狙撃に当たる、狙撃兵の基本ユニットだ。

最初、アントニオのそばの木の幹が弾けたのは、セシルが初弾を外したからだった。

それを数秒で修正して、次は肩に命中させた。セシルの対応力の高さには舌を巻かんばかりだ。

さらに追撃の指示を受けて、次の射撃で太ももに命中させている。

素晴らしい射撃センスと言わざるを得ない。ぜひＳＡＴ（特殊急襲部隊）にスカウトしたい。

「攻撃停止！」

俺は追撃を止めるため、親指を立てた合図を頭上に掲げた。

これでセシルは次の攻撃を行わないはずである。

この合図も、ここに来る前の打ち合わせで決めておいたものだった。

その証拠に遠くの屋敷の屋上に見えるライカが、双眼鏡を下ろしたのが目に入った。

セシルは屋上で狙撃のために待機し、そしてライカは俺を襲撃するアントニオを撮影する。

そして撮影が終われば、光の反射で俺に合図を送り、次は観測手に専念するという段取りだった。

フリオは撮影後、襲撃を受け続ける俺の代わりに時間を稼ぐという役割だ。

これで、俺が生き延びることができれば、彼を俺の従者として雇い入れるよう、ヘルマンに進言するという約束だった。

はっきり言って、めちゃくちゃな約束である。守れるかどうかはかなり怪しい。

それでも、フリオにとってはこれが最後のチャンスである。乗るしかない賭けだった。

「はぁ――フリオ、だっけ？　アントニオを拘束しておいて」

「え？　ああ。でも、いいのか？」

「かまわない」

出血と痛み、そして未知のダメージを受けて、アントニオは意識を失っていた。

それを見て俺はその場にへたり込み、フリオにアントニオの拘束を指示しておく。

「これで、事件は……一件落着、かな？」

証言も取った、アントニオが襲撃するシーンも撮影した。毒殺に使用された毒も判明しているし、動機も録音機に記録してある。

そして本人も大怪我《おおけが》をした状態ではあるが、拘束済み。

多少日本では通用しない手を使いはしたが、これでアントニオが逃げおおせることはできないだろう。

そう判断して、俺は大の字に地面に横になったのだった。


一休みした後、俺は父ヘルマンのもとを訪れていた。

ドラマのように、犯人を逮捕してそれでおしまいとはいかないのが、現実だ。それは日本でも、この異世界でも変わらない。

日本の場合はいろいろな書類仕事があるが、今回の場合は後処理に関して一仕事残っていた。

ヘルマンは、俺の提案を受けて非常に渋った顔で眉をひそめている。

「セラ、お前の言いたいことは分からんでもない。しかしだな……」

「お父様、公爵家の者として、一度口にしたことを覆すわけにはまいりません」

「いや、しかし……」

彼が渋るのは当然だ。俺がヘルマンに提案しているのは、フリオの無罪放免。それだけではない。

彼をセラ直属の密偵として使えないかという話だった。

これは、俺の発案によるものだ。あのフリオという男は、非常に利害の区別がはっきりとしている。

そういった輩《やから》は扱いにくいと思いがちだが、実際は非常に扱いやすい。

なぜなら、こちらが利を提供し続ける限り、決して裏切ることがないからだ。

「あの男は公爵家の厨房《ちゅうぼう》に潜り込んでいました。それに毒についても精通しております。アントニオ兄さんと打ち合える程度には、武にも通じております。公爵家として、決して損はありません」

実際のところは数合と持たずに吹っ飛ばされて無力化されたのだが、それを口にした場合、アントニオの傷の説明に銃のことを伝えねばならなくなる。

そうなるとあの危険な武器を公爵家に知られることになり、下手《へた》をすれば世界に広がりかねない危険があった。

そこでアントニオの傷はフリオの仕業とし、その場面を目撃した彼を手元に留《とど》め、口外せぬように見張る目的もある。

正直、口止めの面も考えると彼の免罪を申し出なければいいだけなのだが、さすがに命を救ってもらい、共闘した相手を見捨てるのは忍びない。

なにより、延命を条件に手伝わせただけに、それを裏切るのはセラの名に傷が付く気がしていた。

別に知っているのはセシルとライカだけなのだが、だからこそこの約束を放置するわけにはいかない。

「そこで公爵家の名を出すのはずるくないかな？」

「そうかもしれません」

こう言われた場合、断れば公爵家の名に傷が付く。そう指摘されては、ヘルマンとて考慮しないわけにはいかない。

とはいえ、セラの暗殺に手を出したことは、決して許されるものではなかった。

「セラ。娘を殺されかけた相手を雇えというのは、さすがに無理がある」

「で、ですが……」

「だが公爵家としては、口に出した約束を反故《ほご》にするというのは、沽券《こけん》に関わる」

「では――！」

腕を組んで、難しい顔のまま言葉を切るヘルマン。

これは上司に難しい要求を突き付けた時と同じ顔だ。シチュエーションとしては、それと全く変わらないのだが……

ヘルマンはそこで言葉を止め、しばし宙に視線を彷徨《さまよ》わせる。

「無罪放免とはいかぬ。それでは下々に示しがつかぬ。ましてや刺客のことは、騎士たちにも知られておる」

「あ……確かに」

日本に貴族は存在しなくなったので、俺も詳しいことはよく分からない。

しかしセラの知識を鑑みるに、貴族というモノは非常に体面を重視することは分かる。

下手をすれば、その体面に命をかけねばならぬほど、重視されている。

「かといって死罪を与えてしまうと、約束を反故にしてしまうことになる。たとえ口約束といえど、公爵に連なる者の口から出た言葉を無視はできん」

「はい」

鋭い視線をセラに向けるヘルマン。勝手に犯罪者の処遇に口を出したことを、非難しているのだろう。

それくらいは、貴族ではない俺でも理解できる。

「フリオに関して約束を反故にはできん。そしてその約束を勝手に持ち出したセラ、お前にも罰を与えねばならん」

「は、はい……」

これは俺も多少は覚悟していた言葉だった。今回の解決、俺はあまりにも勝手に動き過ぎた。

同じく調査に乗り出していたヘルマンからすれば、面白く感じないのは当然だ。

いくら娘を溺愛しているからといって、これを放置すれば規律の面で問題が出る。

「よってフリオは死刑。ただし刑の執行はセラの死後とする」

「えっ」

死刑という言葉に一瞬ドキッとしたが、執行がセラの死後となると、話は変わってくる。

いうまでもなくフリオはセラよりも年上だ。寿命的に考えれば、彼がセラよりも先に死ぬことはあり得ない。

なにより、セラの死因について言及していないことが、なかなかに渋い。

つまりフリオは、自分が生き延びるためにはセラを守らねばならないことになる。

もし、セラが何らかの理由で命を落とした場合、彼の死刑が執行されることになるのだから。

これでは、フリオが再びセラを狙う可能性は低くなる。そしてセラをそれこそ命がけで守らねばならなくなる。

もし守り切れなければ、公爵家の騎士団がフリオの命を狙うことになるからだ。

それだけではない、今後セラが大公妃になれば、大公家の軍隊もこれに参加することになる。

下手をすれば王家も参戦してくるかもしれない。そうなるとフリオにとっては悪夢でしかない。

こうなっては、フリオはセラに協力するしか道は残されていない。

「そしてセラ。お前には猶予期間中の死刑囚の監督を申し付ける」

つまり、死ぬまでフリオの監督を行うよう、申し付けられたわけだ。

甘いと思われるかもしれないが、対外的に見れば死刑囚の監督と聞けば、非常に過酷な罰に思えるだろう。

ましてや公爵家の令嬢が死刑囚を監督せねばならないとなると、惨《むご》いとすら思えるに違いない。

しかし実際のところは、俺の要求を全面的に呑《の》む形になっている。

「さすがお父様、口が上手《うま》いですね」

「人聞きの悪いことを言うな!?」

「失礼、詭弁《きべん》がお上手です」

「それ、褒めていないだろう？」

「フフ、冗談です」

変に機嫌を損ねて、せっかくの名采配が撤回されてしまっては困る。

なので俺は、全力の愛想笑いを浮かべてヘルマンに向けてやった。

「やはり……」

ヘルマンはその笑顔を受け、しばし硬直したかと思うと、絞り出すように声を漏らした。

「はい？」

「やはりセラは嫁になど出さん！　王家などもったいな過ぎるわ！」

「いや、なに言っているんですか、お父様!?」

「あと十年、いや二十年は私の手元で育てる。嫁入り、早過ぎじゃろうが！」

「正気に戻ってください!?」

すでに決まった婚約を、立場の低い側から反故にするなど、印象が悪いことこの上ない。

ましてやその理由が、当主の溺愛を拗《こじ》らせた結果などとなると、とんでもないペナルティを与えられる可能性がある。

なにより二十年も結婚できないとなると、セラは三十五歳。完全に婚期を逃してしまっている。

いや、俺に結婚する気は更々ないが、それでも外聞というモノがある。

それに俺という魂がどれだけ持つかも、不明なままだった。

事件はすでに解決している。事後処理もこれでどうにかなった。

今後はフリオの相手をしなくてはならなくなったが、これで一段落と言ってもいい状況だ。

「ううっ、セラ……いつまでも私の娘でいておくれぇ……」

「泣かないでください。先ほどまでの威厳はどこに行ったんです？」

「セラが残ってくれれば、帰ってくる」

「無茶苦茶ですよ」

ただの親馬鹿と化したヘルマンを置いて、俺は執務室を後にした。

アントニオは現在、怪我の療養のために屋敷に拘禁されているが、完治した段階で屋敷にある塔の一角に監禁されることになっている。

次期大公妃に対する殺害未遂となると、死罪となるのは確実なのだが、アントニオには『リチャードの予備』という役目が残されていた。

生かしておくことで、さらに反乱を考える可能性もあるが、そうならないように今後は監視をしっかりと付けられる予定だった。

物思いに耽《ふけ》りながら歩いていると、いつの間にか自室の前までやってきていた。

そこに少女が待ち構えていた。

「あっ、セラ様。おかえりなさいませ」

彼女の背中には二メートル近い棒を布で巻いたものが背負われている。

いうまでもなく銃である。あまりにも大きく、そして隠しようがないため、持ち歩くことになってしまったのだ。

なにより、その正規の使い道を知ってしまった者に盗難されないように、という警戒のためでもあった。

非常に重い代物ではあるが、身体強化に優れた彼女ならば、それほど負担にならない。

周りの人間には、セラの護衛のために使う武器ということで周知してある。これは嘘《うそ》ではない。

ただの鉄の棒と思われているか、銃という新兵器なのかの違いがあるだけだ。

「ただいま。フリオに関しては上手《うま》くいったよ」

現在は廊下にいるため、セシルはまだ俺をセラと呼んでいる。

同時に、主人としての節度を守った態度も取っていた。

「それはようございました。早速フリオに知らせてまいりましょう」

一礼し、恭しくそう告げてくる。もっともセシルはフリオのことはまだ信頼しきっていないため、呼び捨て扱いだ。

これもまた、仕方のないことなので、放置しておく。いずれは時間が解決してくれるだろう。

「それよりライカは？」

「お嬢様より提案された『でんわ』の開発に取り掛かっております。早速怪しい素材を倉庫に持ち込んでいるので、管理の者が困惑しておりましたよ」

「あー……」

今回は距離が近かったので、ハンドサインでやり取りをし、狙撃の指示を出していた。

しかしきちんと声でやり取りできたなら、もっと詳細な指示を出せたはずだ。

そのための第一歩として、電話の存在をライカに伝えていた。

電話と一言で言ってみれば、現代人は『何だ』と思うかもしれない。しかし情報のやり取りができるということは、戦場の通信手段を一変させてしまうほどの発明である。

昔は太鼓やラッパ、ほら貝などの音か、旗を振って命令を伝達していたくらいである。

一次大戦の頃ですら、有線の通信が精一杯だった。

無線で通信できるということは、あまりにも革新的な技術なのだ。

「倉庫の管理人には、私から言っておきます。ライカのすることは大目に見るようにと」

「そうしてください。そろそろ私を見る目が怪しくなってきましたので」

ライカがセラの客分として倉庫に住み着いていることは、周知されている。

しかし、その本領があまりにも認知されていない。

銃は表立って公表できないし、録音機やカメラに関しては、ヘルマンがようやく目にした程度だ。

手錠なども存在するのだが、こちらは使用する機会のない使用人たちからは、なかなか評価されにくい。

では、その不満がどこに向かうかというと、セラ……にではない。

自分の主《あるじ》の娘であるセラを憎むほど、彼らの器は小さくなかった。

しかし厳然として不満はある。では不満はどこに向かうかというと、俺を介して采配を振るうセシルに向かってしまうのだ。

もちろん、ライカにもその不満は向かっているのだが。

「うーん……これは困ったな？」

「そうですね」

澄ました表情のまま、セシルは俺の背を押して部屋に押し込んでいく。

これは俺に言いたいことがあるのだが、廊下では口にできないため、さっさと部屋に入れという意思の表れである。

主の身体《からだ》に許可もなく触れるのは使用人としては失格なのだが、セシルとセラの仲の良さは屋敷の中では知れ渡っているため、これに目くじらを立てる者はいない。

「リンドーさん、早くどうにかしてくださいよ！　本当に『セラ様付きの侍女のくせに何アヤシイことやってんだ！』って視線がつらいんです!!」

「そう言われましても」

周囲の視線がなくなった瞬間、セシルはいつもの口調に戻る。

俺としては、妙にかしこまった口調で話しかけられるより、こちらの方が親しみを感じられて好ましい。

何より、彼女本来の感情が見て取れるため、『セシルらしい』と感じていた。

「ただでさえ、髪を切るとか何事だ、使用人なら諌《いさ》めるべきだろうって視線まで飛んできているんですから！」

「あー、それに関してはスマン」

とはいえ、髪を切っていなかったら、アントニオの攻撃を避け続けることは不可能だったろう。

特に腕に髪が絡んで、マインゴーシュの扱いに不自由が出たはずだった。

セシルもそれは理解しているのだろうが、それでも恨み節を口にせねばならないくらい、非難の目を向けられているのだろう。

これに関しては言い訳のしようもないので、素直に謝っておく。

「そうだな。じゃあみんなの役に立つ物でも開発してもらえばいいんじゃないかな？」

「みんなの役に立つ物って、なんです？」

「うーん……」

そこまで言われて、俺は少し首をひねる。

この世界は中世のヨーロッパっぽい雰囲気ではあるが、決して文明が劣っているというわけではない。

魔術という個人の素養に頼ってはいるが、それなりに繁栄はしているからだ。

一介の刑事が思い浮かぶような発明品は、この世界にはすでに存在する。

「洗剤とか砂糖……」

「ありますよ」

「だよね。馬車のサスペンションも、すでにあるみたいだし」

大きく溜《た》め息《いき》を吐《つ》いてから、手持ち無沙汰になって小箱を取り出す。

生前の癖のまま、流れるような仕草でタバコを取り出し、口に咥《くわ》える。

それを見て、セシルは少し眉をひそめていた。

「ん、どうかしたか？」

「それの匂い、少し苦手なんです」

「あー、好みはあるからな。健康にもあまりよくないし」

「えっ、それ、毒なんですか⁉」

「そこまでじゃないけどな。好きな人はやめられないシロモノなんだよ」

日本でも禁煙の波は押し寄せてきていた。

それでもやめられない人々はいる。かくいう俺も、やめられなかった一人だ。

セラの身体に生まれ変わってしばらくは我慢できたが、手元にタバコの箱があると無意識に欲してしまう。

「じゃあ、それなんてどうでしょう？」

「ん？」

身体に悪いことを思い出し、火を着けることなくタバコを咥えたままセシルに視線を向ける。

行儀が悪いとは思うが、口元が寂しいので、我慢してもらいたい。

「その火を着ける道具ですよ。こちらではほとんど魔術でやってますから」

「ライターか？　そういえば確かに……」

魔術が普及しているからこそ、ライターという道具は普及しなかったのだろう。

着火程度の魔術なら庶民でも使えるので、これを道具で代用しようとは思わなかったのだろう。

しかし魔術である以上は、それなりの労力……というか魔力を消費してしまう。

魔力の少ない庶民では、必要以上に疲弊してしまう可能性もあった。

しかしこのライターが普及すれば、火起こしに魔術を使う必要はなくなる。

火種の保存もできるし、持ち運びも簡単だ。

「なるほどな。すでに完成している代物だし、開発期間の短縮にも繋《つな》がるか」

「ライカさんなら、『いちいち作るのは面倒だ』って言って、ライターを作る魔道具を作り出しそうですけど」

「ありそうで怖い」

ライカはこの世界からすると、明らかにオーバースペックな存在だ。

こちらが要望を出せば、それを簡単に成し遂げてしまう。

もっとも、『銃』のように、斜め上の方角にカッ飛んで行ってしまうこともあるが。

「まさか銃を作ってくれと言ったら大口径狙撃銃を作るとはなぁ」

「これですか？　パン種をこねるのに便利ですよ」

「……平和的利用で素晴らしいね」

いざという時に詰まって暴発しないように、後で解体して掃除しておこうと心に決める。

セラの肺を傷めるわけにもいかないので、咥えたタバコは火を着けることなく小箱に戻す。

「それじゃ私は、さっそくライカさんに伝えてきますね！」

元気に部屋を出ていくセシルに、俺は微笑《ほほえ》ましい気持ちになって手を振っておく。

彼女もアントニオの事件で落ち込んでいたのだが、どうにか割り切ることはできたらしい。

「子供は元気が一番……って……ね？」

セシルがドアを閉めた途端に、俺は眩暈《めまい》を覚えて机に手を乗せる。

そのまま体を支えることができずに、床に崩れ落ちてしまった。

視界はぼやけ、身体が震える。

これが毒によるものでないことは、自分でも分かる。

「時間、切れ……か」

事件は解決した。セラを脅かす存在は、もういない。

ならば、俺がセラの身体を乗っ取り続ける意味も失われたということだ。

セシルや家族、騎士たちと別れるのは俺も寂しいが、これも摂理というやつだろう。

あとはセラが上手《うま》くやってくれるはずだ。

「別れも言えないなんて、セシル……タイミング、悪過ぎ……」

苦笑いを浮かべながら、俺は目を閉じた。

このタイミングの悪さも、ある意味彼女らしいといえなくもない。

「セシル……じゃあ、な……」

最後にかろうじてそれだけを口に出し、俺はゆっくりと目を閉じたのだった。

セシルが再びセラの部屋に戻ってきた時、床に倒れ伏す彼女を見て、悲鳴を上げてしまった。

前回の毒殺されかけた場面を思い出し、慌てて駆け寄る。

しかし今回、セラの呼吸は非常に落ち着いており、顔色も悪くなかった。

「……ん………」

「り、リンドーさん、一体どうしたんです⁉」

「あ、セシル。どうしたの、慌てて？」

目を覚ましたセラは、状況が摑《つか》めないとばかりに不思議そうな声を上げる。

その様子を見て、セシルは目の前の人物が竜胆善次郎《りんどうぜんじろう》ではないことに気が付いた。

「あの、ひょっとして、セラ様ですか？」

「ええ。それ以外に誰に見えると……ああ、そっか」

「ああっ、あの、あのリンドーさんは——⁉」

セシルの慌てぶりに、セラも次第に記憶がはっきりとしてくる。

自分が毒殺されそうになったこと。助けを求める声に応えるように、包まれた光。

そして眠っていた間の記憶の数々。

「彼は……眠っているわ」

「眠って？」

「ええ。私が眠っている間、彼は言ったでしょう？　記憶を辿《たど》れるのなら、私は死んでいないと思うって」

「確かに、そんな風なことを言っていた気がします」

過去を思い出すように腕を組んで考え込むセシルに、セラは小さく頷《うなず》いて返す。

「私も彼の記憶を辿ることができるの。私が眠っていた間、彼がどれだけ頑張ってくれたか、全部記憶にあるわ」

「じ、じゃあ、リンドーさんは消えてないんですね？」

「ええ、きっと」

自らの胸を押さえるようにして、そこに竜胆がいるかのように目を閉じる。

自分の記憶というわけではない。自分の記憶と違い、何かを思い出そうとするには目的を持って記憶を探らねばならない。

それでも、自分の知らない記憶や知識が、そこにはある。

この記憶は、竜胆が言うところの、他者の魂の痕跡に違いない。

そう考えれば、セラも落ち着いて状況を受け止めることができていた。

「あの、セラ様……」

そんなセラを、セシルは申し訳なさそうな顔で見上げる。

もじもじと指を絡め、言いにくそうに、しかしはっきりと口にする。

「また、リンドーさんに会うことができるでしょうか？」

再び竜胆が表に出てくる場面。それはセラが危機に陥った時に違いない。

それを待ち侘《わ》びるかのような言葉は、従者として決してしてはいけない発言だった。

しかしそれでも、セシルはセラに尋ねていた。

それほど、彼女は竜胆に心を許していたのだと、セラは考える。

「そうね、きっとまた……でも、少し妬《や》けるわね。セシルがこんなに懐いちゃったんだもの」

「な、そんなことはないですっ！　セラ様の方がずっと素敵ですから！」

拳をぎゅっと握り、抗議するセシルを見て、セラは微笑《ほほえ》む。

そして彼女をやさしく抱き寄せた。

「ありがとう、セシル。それと……ただいま」

「っ⁉　は、はい。おかえりなさい、セラ様。お待ちしておりました」

拳を開き、セラの胸に縋《すが》りながら、セシルは言葉を返す。

何度も『おかえりなさい』と繰り返し、そこに嗚咽《おえつ》が混じり始め、最後に号泣し始めた。

その騒動に他の使用人やリチャードまでもがセラの部屋に押しかけ、何事かと尋ねる羽目になってしまう。

その問いに対し、セシルは『セラ様が帰ってきたんです』と真実を包み隠さず答え、周囲の者たちをさらなる混乱に巻き込んでいったのだった。

終章　刑事の忘れ物

セラの意識が戻ってきて一週間。ようやく日常が戻ったように思われたが、やはり以前とは違う面もある。

食事の時にアントニオがいないこと。これを母のノーラや父のヘルマン、兄リチャードなどは言いようのない寂寥《せきりょう》感を浮かべ、空席を見つめていた。

さらにセシルも、何かの拍子に寂しそうな眼《め》をしている。

そういう時は大抵、セラの背中に視線を向けていたので、おそらくは竜胆《りんどう》のことを思い出していたのだろう。

身体《からだ》はセラだったとはいえ、竜胆とセシルの二人は、まるで親子のように接していた。

唐突に、なにも言葉を交わすことなく訪れた別れに、寂しさを覚えても仕方のないことだ。

「いずれは時間が癒やしてくれる……と、考えるしかないですね」

セラはそう嘆息しつつ、廊下を歩く。

いつもの室内着。とはいえ公爵令嬢である以上、質素とは程遠い。

竜胆は結局気付かなかったが、その一着だけでちょっとした一般家庭の月収に匹敵するほど、仕立ての良い服だった。

特に首元に飾られた紅玉など、年収にも匹敵するだろう。

「セラ様、なにか？」

「いいえ、なにも。それより重くないの、それ？」

セラはセシルの背中に背負われた銃を指差す。

小柄なセシルの体格とは不釣り合いな武器は、いつ見ても気になってしまう。

しかしセシルは、これはセラを守るためのものだと言って、決して手放そうとはしなかった。

きっとそこには、竜胆との思い出も残されているので、手放したくないのだろうとセラは考えている。

「平気です。このくらいなら、身体強化の魔術を使えば、全く苦になりませんから」

「ならいいんだけど……あら？」

セシルとの会話を切り上げ、セラは窓辺に寄る。

その窓は正門に向かって開かれた窓で、高価なガラスがはめ込まれていた。

透明度の高いガラスの向こうには、広々とした前庭が広がっている。

そこにセラは、妙な人影を発見したのだった。

「あれは?」

「えっと、エレン先輩と……マリーさんですかね?」

「知ってるの?」

「はい。エレン先輩は侍女長だからご存じですよね」

「ええ、もう一人は」

「マリーさんは洗濯係の侍女です」

言われてセラは記憶を手繰り寄せる。確かに洗濯物を運ぶ侍女たちの中に、彼女の姿を目にしたことがあった。

「どうしたんでしょうね」

「気になるから、少し行ってみましょう」

「ちょ、セラ様!? もう、『あれ』から活動的になり過ぎですよ!」

廊下を駆け出し、前庭に飛び出していくセラ。それをセシルは慌てて追いかけていった。

以前のセラならば、廊下を走るようなはしたない真似《まね》はしなかっただろう。

これも竜胆の影響かもしれないと、セシルは考える。

庭に飛び出したセラは、一目散に侍女たちのもとに駆け付ける。

そして悲しそうな眼をした侍女に、声をかけた。

「どうしたのです？」

「あ、セラ様？　なぜこのような場所に……」

「セラ様⁉　あ、その、この者が暇《いとま》が欲しいと申しまして、その見送りに」

突然のセラの登場に驚愕《きょうがく》する二人だったが、年配の方はさすがに教育が行き届いているのか、まずはセラの問いに答えを返していた。

「暇を？　何か我が家に不満でもあったのですか？」

決して強く問い詰める口調ではない。ただ感情を出さないように問いかけた言葉に、若い侍女――マリーはまるで叱られたかのように硬直する。

「い、いえ、決してそのような！」

「ではなぜ？」

「その……一身上の都合としか。申し訳ありません」

「マリーはまだ若いですが、働き者で私も目をかけていたのですが……残念です」

「申し訳ありません」

泣きそうになりながらも、頭を下げるマリー。小綺麗《こぎれい》だが質素な服装を纏《まと》った彼女を見て、セラは先日までの自分を思い出していた。

竜胆だった時の自分も、あのような服を着て街に飛び出していたのだと。

細い腕が身体の前で組まれ、深々と首《こうべ》を垂れる。

しかしその姿勢にセラは違和感を覚えていた。

細い首、細い腕、だというのに全体の雰囲気はふっくらとしている。

「ああ……そういう……」

「え？」

彼女の事情を察し、セラは少しばかり思案に沈む。

手足は細いのに身体……というか、お腹《なか》だけはふっくらとしている。

それは彼女が、妊娠しているという証《あかし》だろう。

これ以上お腹が大きくなれば、仕事にも支障が出る。だから辞職しようと申し出たのだ。

だが、なぜそれを黙っている必要があるのだろう？

「あっ」

そこまで考え、いくつかの疑問が繋《つな》がっていく。

だとすれば、これを見過ごすわけにはいかないと、セラは考えた。

「そう。ではこれを餞別《せんべつ》に差し上げます。生活が苦しくなったら、売るといいわ」

「えっ？」

突然セラが首元を飾る紅玉を外し、マリーの手に握らせた。

辞職することをとがめられていたと考えていたマリーは、その事態に目を白黒させる。

「あと、どうしようもないくらい立ち行かなくなったら、私を訪ねなさい」

「で、ですが……」

「看守の真似事くらいの仕事なら、お父様に頼んで与えてあげられるわ」

「──っ⁉　どうして、それを」

「内緒」

茶目っ気たっぷりに、マリーにウィンクして返すセラ。

そして何か言われるよりも先に、その場を後にした。

「あっ、セラ様、待ってくださいよ！」

事態に付いていけず、茫然《ぼうぜん》と成り行きを見守っていたセシルが、慌ててその後を追う。

そしてセラの背中に疑問を問いかけてきた。

「あの、セラ様？　なぜあの者に、あのようなことを？」

「生まれてくる甥《おい》っ子《こ》か姪《めい》っ子《こ》が困窮するのは、見たくないじゃない」

「へ？　ええっ⁉」

驚愕するセシルに、マリーが妊娠していたことを告げる。

そしてセラと同じ疑問に、彼女も行き当たった。

「でも、なぜ黙っているんです？　ヘルマン様は、使用人の出産には、かなり寛大な方だと思いますけど」

事実、セシルの言う通り、妊娠した使用人には育児のための休暇などが与えられていた。

同時にその期間の賃金も保証している。

黙っている必要は、本来ならば、ない。

「そうね。でもその父親がアントニオ兄さんだったら？」

「まさか！」

これはあくまで、セラの推測に過ぎない。

しかしこれを裏付ける疑問点がいくつか残っていた。

竜胆は『誰が』、『どのようにして』、『いつ』毒を盛ったのか、その事件のあらましを見事に解決してくれた。

しかし唯一『なぜ、今なのか』が判明していなかった。

セラが第三王子と婚約したのは、かなり前のこと。

そしてアントニオがリチャードの予備となることも、生まれた時から決まっていた。

なのになぜ、『今』だったのか？

それは彼女の妊娠が発覚したからだ。

使用人との子となれば、自分の子がリチャードやセラに傅《かしず》くのも、当然の帰結となる。

そうなる前に、ウィマー家を掌握しようと思い至ったのだろう。

決定的だったのが、竜胆との戦いで放った『士爵だってあり得る』といったセリフ。

アントニオならば伯爵位は確実に貰《もら》えるはずだ。それだけの武勇と才能を、すでに発揮している。

なのになぜ、一代限りの士爵を危惧するのか？

それは彼の危惧ではなく、彼の子供に対しての言葉だったとすれば、合点がいく。

庶子であるならば、真っ当な継承権は与えられない。一代限りの士爵どころか、貴族になれるかどうかも怪しいだろう。

そのことをセシルに告げると、彼女は感心したように唸《うな》り声《ごえ》を上げた。

「セラ様、凄《すご》い。まるでリンドーさんみたい」

「多少は、影響が残っているのかもね」

犯罪者、それも監禁されている貴族の子となれば、将来的に間違いなく騒動の火種となる。

だから彼女は、何も言わずウィマー家を去らねばならなかったのだろう。

「でも看守の真似事って。あ、そっか」

「アントニオ兄さんの世話役のことね」

「はい。でもヘルマン様が許してくれるでしょうか？」

「少し難しいわね。まぁ、そこは私がお願いすれば、何とか？」

「セラ様がすっかり腹黒く……」

セシルに三白眼で見られ、セラはわざとらしく視線を逸《そ》らせる。

「でも、リンドーさんも詰めが甘いですね。そこを見逃すなんて」

「まぁ、忙しい状況だったから、あまり完璧を求めるのも可哀《かわい》そうよ」

竜胆をかばいながら、セラは正門の方に視線を向ける。

そこにはすでにマリーの姿もエレンの姿も存在していなかった。

紅玉を渡し、声をかけておいたことで、今後彼女が生活に困ることはないと思いたい。

命を狙われたとはいえ、兄の子供だ。自分としてもできれば可愛《かわい》がってあげたかった。

しかし、それももう、叶《かな》わない願いとなった。

「それでも、生きていてくれるのなら、充分幸せよね」

これからアントニオは生きた屍《しかばね》のような生を送らねばならない。それに比べれば、きっと幸せなはずだ。

アントニオは自業自得ではあるが、悲しいことには変わりない。

もし、その原因となった者たちの存在が知られれば、彼女たちも面倒に巻き込まれるかもしれなかった。

ここは何事も口にせず、秘密を胸に秘めて見送るのが正解だろう。

今はその無事だけを喜ぶことにしよう。そう考えておく。

『よかったな』

突然、セラの耳元で年配の男の声がしたような気がした。

悲しい事件の中で、唯一喜ばしいことが新たな子供の誕生である。

それを目くじらを立てて追及するほど、セラは狭量ではない。

むしろ祝福するかのような視線で、正門を見つめている。

先ほどの声は、そんなセラを励ますかのような優しさに満ちていた。

「リンドーさん？」

「えっ？」

「いえ、きっとリンドーさんも、あの子のことを喜んでくれたよねって話」

「そう、でしょうか？」

「うん。きっとそう。だって、聞こえたもの」

「なにがです？」

小首を傾《かし》げ、可愛らしい仕草で問いかけてくるセシル。

そんな彼女を置いて先に進み、振り返りながら、セラは口元に指を当てた。

「内緒」

そう言って彼女は屋敷に入り、門を閉める。

外に締め出されたセシルはようやくその事実に気付き、慌てて門を叩《たた》いたのだった。

あとがき

初めて私の作品をお読みの方は初めまして、そうでない方はお久しぶりになります。鏑木《かぶらぎ》ハルカです。

『英雄の娘として生まれ変わった英雄は再び英雄を目指す』の方が佳境に入ったこともあり、光栄にも新たな作品を書いてみないかというお話を頂き、本作を書かせて頂きました。

ただ、私は推理物は好きですが、それを作り出す能力は正直自信がありません。

なのでこの作品は、主人公リンドーとセシルの会話を楽しんでいただければと思います。

角川スニーカー文庫としては珍しく令嬢物。正直この企画が通るとは、企画を出した当人である私が一番驚きました。

スニーカー文庫と言えばファンタジーと学園物。私の書く『英雄の娘』もファンタジーですので、他作品と並ぶと違和感溢《あふ》れまくる作風となっております。

かといって女性向けというわけではなく、男性読者にも楽しんでもらえるように頑張りましたのでご安心を。

この作品、リンドーが主人公ではありますが、実際に動くのはセシルですので、彼女が主人公と言えなくもありません。

一途《いちず》で素直な彼女は非常に書きやすく、無意識に出番が増えています。

そんな彼女をこれ以上ないほど的確に表現していただいたフルーツパンチ先生には、本当に感謝しております。

幼女とライフルの組み合わせって最強だと思うのですよ。

しかも胡散臭《うさんくさ》いロリであるライカも、的確に怪しく可愛くしていただいて、本当にありがたいです。とても好みです。


多くの人に支えられて出版にこぎつけたこの作品。出すにあたって、尽力していただいたすべての方に感謝を。

そして、この本を手に取っていただいた皆様に最大の感謝をささげます。

またの機会にお会いできることを、楽しみにしております。

よろしければ『英雄の娘』の方もお楽しみいただければ幸いです。

鏑木ハルカ

異世界《いせかい》転生《てんせい》事件録《じけんろく》

人《ひと》見《み》知《し》り令嬢《れいじょう》はいかにして事件《じけん》を解決《かいけつ》したか？

著　鏑木《かぶらぎ》ハルカ

角川スニーカー文庫　23753

2023年８月１日　初版発行

発行者　山下直久

発　行　株式会社KADOKAWA

〒102-8177 東京都千代田区富士見2-13-3

電話　0570-002-301（ナビダイヤル）

印刷所　株式会社暁印刷

製本所　本間製本株式会社

Printed in Japan　ISBN 978-4-04-113967-7　C0193

★ご意見、ご感想をお送りください★

〒102-8177 東京都千代田区富士見 2-13-3

株式会社KADOKAWA　角川スニーカー文庫編集部気付

「鏑木ハルカ」先生「フルーツパンチ」先生